LONGE DOS OLHOS

IVAN JAF

Longe dos olhos
© Ivan Jaf, 2004

Editora-chefe	Claudia Morales
Editor	Fabricio Waltrick
Editores assistentes	Fabio Weintraub
	Emílio Satoshi Hamaya
Seção "Outros olhares"	Priscila Figueiredo
Coordenadora de revisão	Ivany Picasso Batista
Preparador	Agnaldo Holanda
Revisora	Luciene Lima
Estagiária	Fabiane Zorn

ARTE

Diagramadora	Thatiana Kalaes
Editoração eletrônica	Estúdio O.L.M.
	Eduardo Rodrigues
Pesquisa iconográfica	Sílvio Kligin Campos
Ilustrações	Robson Araújo
Ilustrações de Aluísio de Azevedo	Samuel Casal
Estagiária	Mayara Enohata

CIP-BRASIL. CATALOGAÇÃO NA FONTE
SINDICATO NACIONAL DOS EDITORES DE LIVROS, RJ

J22L
2.ed.

Jaf, Ivan, 1957-
 Longe dos olhos / Ivan Jaf. - 2.ed. - São Paulo : Ática, 2008.
 138p. : il. - (Descobrindo os Clássicos)

 "Uma releitura de *O mulato*, de Aluísio Azevedo"
 ISBN 978-85-08-12021-5

 1. Racismo – Literatura juvenil. I. Azevedo, Aluísio, 1857-1913.
O mulato. II. Título. III. Série.

05-1493.   CDD: 028.5
                                        CDU: 087.5

ISBN 978 85 08 12021-5 (aluno)
ISBN 978 85 08 12022-2 (professor)

2022
2ª edição
10ª impressão
Impressão e acabamento: Edições Loyola

Todos os direitos reservados pela Editora Ática, 2004
Av. Otaviano Alves de Lima, 4400 – CEP 02909-900 – São Paulo, SP
Atendimento ao cliente: 4003-3061 – atendimento@atica.com.br
www.atica.com.br

IMPORTANTE: Ao comprar um livro, você remunera e reconhece o trabalho do autor e o de muitos outros profissionais envolvidos na produção editorial e na comercialização das obras: editores, revisores, diagramadores, ilustradores, gráficos, divulgadores, distribuidores, livreiros, entre outros. Ajude-nos a combater a cópia ilegal! Ela gera desemprego, prejudica a difusão da cultura e encarece os livros que você compra.

O QUE OS OLHOS NÃO VEEM

Em um país de população mestiça como o Brasil, não é fácil abordar de frente a questão do preconceito de cor, que coloca em jogo, ao mesmo tempo, a estrutura da sociedade e o comportamento pessoal, as relações entre o âmbito público e o privado, entre ética e política. Isto se complica ainda mais nas formas cordiais do racismo, em que o preconceito se manifesta de modo disfarçado, inibido, por meio de um divórcio entre consciência e gesto, entre o que se diz e o que se sente.

É bem o que acontece com Oto, o protagonista da história que você vai ler nas próximas páginas. Estudante do curso de Letras, negro, inimigo declarado do racismo, ele entrará em conflito com os princípios que defende em público, fazendo-se passar por alguém que não é.

Ele procede dessa forma porque está apaixonado por Sílvia, garota que conhece na praia e que reencontra, pouco tempo depois, numa organização não governamental, onde realiza trabalho voluntário. Curiosamente, em relação a Sílvia, Oto a princípio faz tudo para se mostrar e para chamar-lhe a atenção; depois muda radicalmente de estratégia, ocultando-se sob um disfarce por medo de não ser aceito.

Não por acaso, o que os aproxima é a leitura de um livro que também trata de problemas de identidade e racismo:

O mulato, de Aluísio Azevedo. O livro conta a história de Raimundo, filho de um fazendeiro português com uma escrava. Sem saber de sua mãe, e de suas origens, Raimundo vai estudar na Europa, retornando anos mais tarde a São Luís do Maranhão para vender as terras de seu falecido pai. Apaixona-se então pela prima Ana Rosa e tem de se haver com a revelação de seu passado, de suas origens, e enfrentar o provincianismo e a hostilidade racista da sociedade local.

Assim, as desventuras do par romântico de Aluísio, Ana Rosa e Raimundo, iluminam o vínculo que vai se estabelecendo entre Oto e Sílvia. Receando a rejeição por uma moça branca e de outra classe social (ele, negro e de origem humilde, ela, branca e moradora da Urca, bairro nobre do rio de Janeiro), Oto assume a identidade de um amigo — surfista, loiro e de olhos azuis — o que dá origem a uma série de peripécias, algumas engraçadíssimas, que você vai acompanhar de perto.

De um casal a outro, um século a distanciá-los, você perceberá que, a despeito de todas as mudanças históricas, a ideia de democracia racial continua funcionando como um mito. Um mito a encobrir nossos sentimentos mais recônditos, mostrando que ainda há muito a conquistar para além do que os olhos veem.

Os editores

Os trechos de *O mulato* que constam em *Longe dos olhos* foram retirados da edição publicada pela Ática na série Bom Livro (20ª edição, 7ª impressão).

SUMÁRIO

1. Visões 9
2. Linha inexistente 12
3. Trabalho involuntário 17
4. O grande remador 23
5. O certo é o contrário 29
6. Descrições 35
7. Olhos azuis 42
8. Correndo para o abismo 51
9. O beijo roubado 59
10. O dublê 69
11. O fantasma 76
12. As cores 83
13. Preconceito 97
14. Camaleões não são racistas 107

Outros olhares sobre *O mulato* 123

· 1 ·
Visões

A primeira vez que Oto viu a menina por quem se apaixonou, ela estava sentada na amurada da praia da Urca, olhando para a baía da Guanabara. A garota vestia *jeans* e camiseta branca, sem mangas, e calçava sandálias de tiras finas, de couro cru. A brisa que vinha do mar jogava para trás o cabelo castanho-claro, todo cacheado, descobrindo um rosto muito branco e calmo, com traços perfeitos e uma boca de lábios grossos e vermelhos. Ela usava óculos escuros e balançava as pernas sobre as ondas fracas que cobriam as pedras, logo abaixo.

Oto não tinha de estar ali, naquele momento. Pela manhã estudava Letras, na universidade federal que ficava ali perto, na praia Vermelha, e nesse dia, depois das aulas, havia resolvido caminhar pelo calçadão da Urca, com o vago propósito de pensar na vida. A ideia era comer um sanduíche de queijo com salame, no último botequim da orla, sentado na amurada, e depois voltar caminhando para a universidade onde, à tarde, fazia um trabalho voluntário, ajudando deficientes físicos.

Quando ele estava retornando, viu a menina lá sentada, tão concentrada olhando a baía, que chegou a parar e encostar em uma árvore. Não foi só pela beleza dela. Oto estava lendo uns livros malucos sobre os mistérios que existem por trás dos acasos, e sobre pessoas que a gente vê mas que não existem, que aparecem só para nós, a fim de nos mostrar ou nos dizer alguma coisa, e ficou impressionado de verdade com aquela menina ali, olhando o mar. Achou que ela nem existia.

Ele acabou sentando-se também na amurada, a uns trinta metros dela, folheando um livro, para disfarçar. Um iate maravilhoso passou bem perto. Ela nem mexeu a cabeça. Nada a distraía. Uma babá cruzou o calçadão, empurrando um carrinho de bebê com trigêmeos. A menina não se virou.

A única coisa que ela fazia além de olhar o mar era erguer o queixo, abrir as narinas e respirar profundamente, de tempos em tempos, e aí balançava as pernas e mexia os dedos do pé.

Oto acreditou que aquela visão era só para ele, que havia alguma mensagem ali, naquela menina. Qual?

Ele acabara de completar vinte anos. Era negro, forte, alto e tinha muita raiva quando o olhavam pela primeira vez porque, o que sempre acontecia então, simplesmente não viam quem ele era — automaticamente os cérebros procuravam enquadrá-lo em algum estereótipo. Se estivesse bem-vestido, podia ser visto como um esportista, um músico, um segurança, um chofer de uma família de milionários, um empregado mauricinho tentando puxar o saco dos patrões. Se estivesse malvestido, de bermudão, sem camisa, aí com certeza uma luz vermelha acendia dentro dos cérebros alheios avisando "perigo! perigo!", e já o viam como assaltante, traficante, os vidros dos carros começavam a se fechar.

E o que ele era? Se essa pergunta normalmente já era difícil para qualquer um responder, para um negro no Brasil virava uma batalha diária, por dentro e por fora, e Oto precisou de duas armas: determinação e raiva.

O que ele era, ou pelo menos queria ser, ninguém imaginava no primeiro olhar. Não se encaixava nos estereótipos. Oto era um intelectual.

Nascido numa favela, batalhou para estudar e entrar numa universidade pública. Com vinte anos, já havia lido muitos livros. Havia passado em sexto lugar no vestibular. A gaveta de sua escrivaninha estava cheia de ensaios sobre preconceito racial, biografias de líderes negros revoltosos e contos-denúncia. Queria ser professor de Literatura e escritor. Se ainda usasse uns óculos de lentes grossas e fosse franzino, ou corcunda..., mas, não, Oto era forte, bonito, enxergava muito bem, tinha o peito largo e impressionava as mulheres.

Determinação nunca lhe faltou. Trabalhou desde cedo, em todo tipo de bico mal pago que se possa imaginar, e estudou à noite. Raiva também não. A cada vez que sentiu na pele o preconceito, mesmo os mais velados, e até os inconscientes, uma dose de raiva foi acrescentada a uma raiva maior, enorme, que o fazia levantar de madrugada para escrever um conto, ou um manifesto, ou um poema, que depois ele precisava trancar na gaveta da escrivaninha, como um cachorro bravo.

Ela não tirava os olhos do mar.

Era quinta-feira, ele estava atrasado para o trabalho voluntário com os deficientes. Levantou da amurada e seguiu caminhando pela orla. Passou bem perto da menina. Ela nem o notou. Ele olhou o mar, por cima do ombro dela, tentando ver o que ela via, querendo levar com ele um pouco da visão dela, tentando desvendar o significado daquela cena.

Precisava também, desesperadamente, saber se aquela menina existia ou não.

· 2 ·
Linha inexistente

Nos finais de semana Oto trabalhava num jornal de bairro em Santa Teresa, e promovia, para os moradores das favelas nas imediações, eventos culturais financiados por uma organização não governamental. Mas assim que a semana começou, na segunda-feira, repetiu a caminhada pela orla da praia da Urca, depois da aula.

A menina estava lá. No mesmo lugar. Vestindo quase a mesma roupa. De óculos escuros. Olhando fixamente o mar.

E durante toda a semana ele a encontrou ali.

Conformara-se. Estava apaixonado. Pensava nela o tempo todo.

Sentou-se mais próximo dela, a menos de vinte metros. Ela nunca virava o rosto para o lado dele. Só respirava o ar puro do mar e mexia os dedos do pé. Ele pensou que talvez a menina fizesse alguma espécie de exercício de ioga ali, meditação, coisas desse tipo, e não quisesse ser importunada. Chegou a pensar também se ela não ficava com medo, um negro se aproximando assim, e por isso sempre fingia não vê-lo. Já havia acontecido com ele antes, paquerar uma menina e ela se assustar, pensar que era um assalto, e aquilo o deixara tão arrasado que ele agora tomava muito cuidado. Mas precisava falar com ela. Tinha de chamar a atenção da menina de qualquer jeito. Então começou a fazer bobagens.

Na terça-feira encheu a mochila de livros, veio caminhando, parou bem perto dela, fingiu que precisava pegar alguma coisa na mochila e começou a tirar os livros e empilhá-los na amurada. Fez isso a uns dez metros da menina. Ela iria olhar para o lado, eles começariam a falar sobre livros, ele mostraria como era inteligente e culto... Não havia como ela não notar. Mas ela não notou. Ele guardou os livros de volta e foi embora, furioso.

Na quarta voltou. As ruas da cidade eram públicas e, assim como ela tinha o direito de passar as tardes sentada na amurada olhando o mar, ele também podia caminhar por ali todos os dias, e isso era até muito natural, já que estudava perto. Então comeu seu sanduíche de queijo com salame, e caminhou na direção dela disposto a cumprimentá-la, como um cidadão, como um vizinho, e sentar ao lado dela e confessar que a via ali todos os dias e gostaria de conhecê-la, se isso não a incomodasse, aí falariam de livros e... Não teve coragem. Passou direto e continuou andando, se achando um idiota.

Na quinta teve uma ideia estapafúrdia. Descobriu que em frente ao botequim havia um pequeno cais, onde um sujeito de sunga vermelha com uma barriga imensa alugava caiaques. Alugou um por meia hora para poder passar remando em frente da menina. Se ela não olhava para os lados, ele entraria dentro do campo de visão dela. Fez isso. Passou remando o caiaque, de camisa social, sapato e calça branca, tão junto da amurada que teve de desviar de uma pedra e quase virou. Aproveitou o incidente para olhar a menina e rir, e chegou a levantar a mão esquerda para ela, querendo dizer que estava tudo bem, caso ela tivesse ficado preocupada. Ela não podia deixar de ter visto. Mas nem se mexeu. O queixo erguido. Ig-

norou-o completamente e ele voltou, devolveu o caiaque e foi para seu trabalho voluntário se roendo de ódio.
    Era um sujeito determinado mesmo. Não desistiu. Na sexta resolveu aplicar um método radical. Passaria a tarde toda lá, ao lado dela, dane-se. Ela ia ter de reparar nele, nem que fosse para sair correndo, ou chamar a polícia. Pensou durante toda a noite em uma desculpa para ficar sentado na amurada durante horas. Ler seria a melhor coisa a fazer, mas, depois da tentativa de terça-feira, achou que ela talvez não fosse uma pessoa interessada por livros. Fazer o quê? Então logo de manhã teve a ideia mais imbecil de todas. Pediu emprestada ao sobrinho uma vara de pescar há anos abandonada num canto do armário.
    A menina estava lá, como sempre, olhando o mar. Ele sentou a menos de dez metros dela. Montou a vara, que era de encaixar, abriu um pequeno isopor dentro do qual havia trazido pequenos pedaços de sardinha para isca e se preparou para lançar o anzol no mar.
    Deixara tudo preparado. A chumbada sem arestas, para que não prendesse entre as pedras; os anzóis do tamanho ideal, já atados à linha; o molinete, amarrado à vara por uma borracha preta bem apertada... Sentados na amurada, distantes uns dos outros, alguns pescadores, concentrados, confirmavam não haver nada de estranho no que Oto estava fazendo.
    Ele não tinha pressa. De vez em quando olhava para o lado, para ver se ela reparava nele. Não. Ela não tirava os olhos do mar. Oto fazia todos os movimentos com a lentidão dos profissionais experientes. Pegou um livro da mochila, bem grosso, para ler enquanto pescava e mostrar para a menina que aquela história de pescaria era só um passatempo. Por fim ficou de pé, deu três passos para trás, ergueu a vara de pesca, deixou a chumbada levar a linha para trás, e avançou

rápido, dois passos para a frente, sacudindo a vara com toda a força. A chumbada voou longe, muito longe. Ele ficou satisfeito, sentindo a linha sendo puxada, desenrolando rápida do molinete, e olhou para a menina, para saber se ela vira aquilo, aquele arremesso perfeito. Essa distração fez com que esbarrasse o dedo em alguma coisa, e o molinete travou de repente. A linha partiu. A chumbada mergulhou longe, solta, livre do caniço.

Uma emenda na linha velha, um nó malfeito... Continuou segurando a vara e olhando para o mar. A linha partira bem perto da ponta da vara. Mas ela era fina e transparente. Talvez, de longe, ninguém notasse. Não olhou mais para o lado. Se descobrisse a menina rindo da cara dele ia se atirar no mar e morrer. Ficou ali por um tempo, fingindo que pescava, suando frio, completamente ridículo, sem saber como sair daquela situação. Resolveu simular que recolhia a linha, e começou a dar voltas no molinete. Espiou a menina. Não, ela continuava olhando o mar. Se ele aparentasse enrolar a linha de volta, até o final, era capaz de sair daquela situação sem ninguém perceber.

Foi bem, até lembrar que a linha inexistente não faria aparecer a chumbada de volta. Teve de fingir que o anzol havia ficado preso entre as pedras. Puxou a vara para trás, contrariado, balançou-a com raiva, puxou com mais força e acabou recolhendo um resto de linha invisível, chateado por ter perdido chumbada, isca e anzol.

Sentia-se um completo idiota. Queria sair correndo. Não era possível que ela não tivesse visto aquele desastre. Mas havia jurado passar a tarde ali sentado. Desmontou a vara, abriu o livro e começou a ler, sem prestar atenção nenhuma no que as palavras diziam.

Passou mais de uma hora assim. Às vezes a espiava. Ela não olhava para os lados. Só não parecia uma estátua porque de vez em quando coçava o nariz, ou passava as mãos no cabelo, ou esfregava um pé no outro, ou mexia os dedos.

Ele não sabia mais o que fazer. Sentia-se péssimo, ridículo, sem a menor autoestima, absolutamente sem condições de ir lá e puxar conversa com ela.

Lá pelas quatro da tarde o problema se resolveu. Um carro preto parou próximo ao calçadão e buzinou. Ela foi até lá. Um homem ainda novo, de uns vinte e poucos anos, mulato, desceu do carro, abriu a porta para ela e foram embora. Entraram numa rua perpendicular à praia, sem saída, onde só havia mansões.

Oto ficou ainda um tempo olhando o mar. Tudo estava explicado. Ela era uma menina rica, na certa morava num daqueles casarões da Urca, e o chofer da família a vinha trazer e buscar daquele passeio à praia.

E ele era um negro imbecil que havia feito papel de idiota, querendo se mostrar para uma branca que fez questão de ignorá-lo.

Foi embora para casa, com o coração cheio de raiva. O mundo era só feio.

Seu único consolo era o de ninguém ter sido testemunha daquela semana estúpida. Pelo menos a história podia morrer ali e pronto. Era só não voltar a caminhar pela praia da Urca.

• 3 •
Trabalho involuntário

Oto procurou não pensar mais no assunto, mas não conseguiu. Choveu durante todo o fim de semana, vários eventos em que ia participar foram cancelados, e ele foi obrigado a ficar na cama, com um livro aberto sobre a barriga, olhando para o teto, lembrando de tudo, cada vez com mais raiva.

Ele não tinha dúvidas. Ela o havia visto fazer todas aquelas coisas ridículas. Onde ele estava com a cabeça? E a reação dela fora a pior possível. Ignorou-o. Era a forma de preconceito mais detestável. Fazer com que ele nem existisse. Alguém ensinara àquela burguesinha elitista a não fazer nem contato visual com um negro.

Imaginou uma porção de cenas em que daria o troco, frases verdadeiras e profundas que a deixariam arrasada, criou diálogos inteiros em que a faria ver como era uma garotinha mimada e idiota que não sabia o que era a vida. Mas não fez nada. Não voltou à Urca, com medo de tornar a se comportar como um imbecil.

As aulas no curso de Letras o distraíram. Na quinta-feira, duas semanas depois do primeiro dia em que vira a menina, foi para o trabalho voluntário pensando muito nela. Continuava furioso, querendo escrever um conto sobre o que havia acontecido, para ver se desengasgava. Entrou no grande salão, onde fora o antigo restaurante da universidade, e ocupou uma mesa ao fundo.

O local havia sido reformado para servir a uma ONG, que prestava assistência a deficientes físicos. Havia fonoaudiólogos, psicanalistas, fisioterapeutas, cabeleireiros, artistas plásticos, e vários outros profissionais, todos trabalhando de graça para a comunidade, atendendo inclusive pacientes do hospital psiquiátrico vizinho. Oto se comprometera a contar histórias, ler livros.

Outra pessoa também fazia isso. Um surfista de dezessete anos chamado Leo. Os dois trabalhavam juntos e tinham ficado amigos.

Leo era alto, magro mas musculoso, tinha o cabelo curto, muito louro, olhos azuis bem claros, vivia de bermuda larga, camiseta e sandália de dedo. Usava um brinco na orelha esquerda, uma argola de prata, e cultivava um cavanhaque pontudo e desgrenhado.

Não se podia dizer que Leo era um intelectual. Suas leituras não passavam das revistas de histórias em quadrinhos, e ele se virava com um vocabulário de umas duzentas palavras, mas era uma das melhores pessoas que Oto já havia conhecido... divertido, um ótimo sujeito para encostar num balcão de bar, dar umas risadas e falar bobagem.

Naquela quinta-feira, porém, Oto não estava a fim de papo.

— Fala aí, meu irmão — disse, levantando o polegar, passando direto, sem parar.

— Beleza, *brother* — respondeu Leo.

O surfista estava numa das primeiras mesas, logo na entrada, duas grandes portas abertas que deixavam entrar o sol do começo da tarde.

Um massagista, no canto oposto, tratava a coluna de uma velha inválida, sentada numa cadeira de rodas.

Naquela tarde Oto leria um livro policial para um velhinho de muletas, que sempre chegava atrasado. Esticou-se na cadeira para descansar um pouco após o almoço e ficou olhando para a luz que vinha das portas abertas. Foi então que ela entrou.

Ele a reconheceu imediatamente, embora por um bom tempo só tivesse visto sua silhueta, recortada pela luz forte do sol de verão. Estava de braço dado com uma senhora.

As duas entraram e pararam. Olharam para os dois, ele e Leo, desocupados. Foram falar com Leo.

Oto ficou duro na cadeira, tentando entender aquilo. Mais um acaso? Novo presságio? O que a menina estava fazendo ali? Vinha pedir desculpa por tê-lo ignorado? Coincidência? Queria continuar se divertindo à sua custa? Não dava para entender. Mas uma coisa era certa: elas haviam feito como todos que chegavam ali pela primeira vez. Foram direto falar com Leo. O menino branco. O confiável.

No meio do caminho o celular da mulher tocou. Ela atendeu. As duas ficaram paradas no meio do salão.

Não havia dúvida. Eram muito parecidas. A senhora era a mãe da menina. Na certa a pobre garotinha, rica e mimada, tinha tido uma crise de consciência e resolvera fazer alguma coisa pelos outros. Devia estar querendo se oferecer para trabalhar ali, ajudar os deficientes. Menos mal.

Ou não. Ele ficou apavorado. Era isso. A mãe vinha tirar satisfações. O que um negro queria com sua filha? Por que a importunou durante toda a semana? Haviam descoberto onde encontrá-lo. Já deviam ter dado parte na delegacia. Um sequestrador, talvez. O que ele ia dizer? Como ia explicar? Estava com a garganta seca; as pernas tremiam.

Ele viu bem a mulher. Ela se vestia com muita elegância, um conjunto de linho cinza, com o cabelo perfeito e um perfume caro cujo cheiro chegava até ele. Só o colar de pérolas que brilhava em volta de seu pescoço pagaria todas as despesas daquela ONG por um bom tempo.

Ela desligou o celular, foi de braço dado com a filha até Leo, puxou a cadeira para a filha sentar — era mimada mesmo —, deu um beijo rápido na testa da menina e foi embora, quase correndo, equilibrando-se no seu sapato de salto alto.

Oto mal conseguia respirar. Seu coração subia pela garganta. Leo balançava a cabeça negativamente. E então acenou e chamou Oto. Teve de ir. De enfrentar.

— Esse é o meu mano — disse Leo, sentando Oto em seu lugar.

Nesse momento chegou o velhinho de muletas, para quem Oto iria ler um livro policial.

— Deixa que eu falo com ele. Ele espera — e Leo se afastou.

Oto ficou frente a frente com a menina, sem conseguir dizer nada. Estava tentando pensar rápido numa desculpa para as bobagens que fizera, mas não conseguia encontrar nada que não piorasse as coisas.

Ele tinha certeza de que estava numa situação complicada. Talvez ela fosse filha de um delegado. Ou de um bandidão, que mandaria apagá-lo. Algum chefe mafioso bem racista.

— Você é o Oto? — ela perguntou, afinal.

Ele quase disse que não conhecia Oto nenhum.

— Sou. Tudo bem?

— Eu queria falar com você...

Ele respirou fundo e resolveu abrir o jogo.

— Olha, eu agi como um idiota aquele dia... aqueles dias...

— O que foi?

— Eu não sou assim normalmente. Estudo Letras aqui na faculdade, você pode perguntar.
— Eu sei.
Ela sabia de tudo. Ele estava perdido.
— Sinceramente... eu não costumo fazer isso!
— É, me disseram, mas o meu caso é diferente.
— Olha, como é o seu nome?
— Sílvia.
— Sílvia, eu vou ser franco, totalmente franco... quando eu vi você lá sentada...
— Onde?
— Na Urca... de tarde...
— Ah, você me viu lá?
Aí ele ficou furioso. Ela não podia deixar de ter visto o que ele fez. A semana toda chamando a atenção dela. Teve vontade de gritar: PARA COM ISSO! EU NÃO SOU INVISÍVEL!
— Gosto de ficar sentada lá, de tarde, sentindo o mar — ela continuou.
— E eu te incomodei.
— Você? Não. Eu nem sabia que você estava lá.
— Por que você tá dizendo isso? — ele explodiu. — Se eu te assustei pode dizer. Não fiz por mal. É que eu também passo sempre por ali. Sei lá, me deu vontade de...
— Mas você não me incomodou não, claro que não. Eu nem me toquei.
— Olha, Sílvia, você pode fazer o que quiser a respeito, pode mandar me prender, me processar... mas não precisa ficar me dizendo que eu não existo! Eu até acenei pra você, daquele maldito caiaque! Faça o que quiser, mas não diga que não me viu.
— Não vi mesmo — ela sorriu.

Ele ficou com muita raiva. Aquela patricinha idiota mimada estava ali curtindo com a cara dele. Talvez tivesse vindo só pra isso. Continuar a brincar com o pobre negro que não se enxergava.

— Escuta, Sílvia... Para com isso.
— Eu não te vi.
— Não é possível!
— É sim. Eu sou cega.

. 4 .
O grande remador

— Desculpa. Eu não podia imaginar.
— Sempre que eu posso fico sentada lá no muro, virada pro mar. Mas o que foi que você fez mesmo, que eu não vi?
— Nada — Oto pensou rápido. — É que eu gosto de ficar lá também, lendo, e uma tarde acho que sentei muito perto de você, daí fiquei preocupado, você podia estar fazendo algum tipo de meditação e eu ter incomodado.
— Não. Nada a ver. Eu fico só sentindo o mar.
— Legal.
— E a história do caiaque?
— Às vezes eu me exercito um pouco, remando na baía.
— Deve ser muito gostoso.
— É... É preciso um pouco de prática, tem de ter equilíbrio. Eu já pratico há anos.
— É de fibra ou de madeira?
— O quê?
— O caiaque.
— É... de fibra...
— Ah... eu já entrei num de madeira, muito antigo. O que você usa é pra competição? De dois lugares ou um só?
— Não, não é pra competição não. E é de um lugar só!

— Daqueles de encaixar as pernas dentro, ou do tipo que os joelhos vão dobrados pra cima?
— De encaixar as pernas dentro...
— Ué... então pode competir com eles...
— É. Se eu quiser, eu posso. Mas eu não quero... Sabia que uma tarde dessas fiz uma manobra bem na tua frente? Até acenei. Achei que você tinha visto e... ah, desculpe.
— Para de pedir desculpa. Tô é achando tudo isso uma coincidência incrível. Eu tava pra vir aqui há um tempão, e afinal você até já me conhece. Você acredita em acaso?
— Acredito. Mas acho que existem acasos tão estranhos que parecem armados por alguém ou alguma coisa.
— Conhece Jung? Aquele psicólogo suíço?
— Conheço.
— Ele chama essas coisas de "coincidências significativas"...
— Pois é. Você leu Jung?
— Não — Sílvia sorriu. — Ouvi. Num grupo de estudos.
Oto se sentiu horrível:
— Desculpe.
— Cara, você vive pedindo desculpa? — Ela cruzou os braços e empinou o queixo. — É. Eu não posso ler. É por isso que estou aqui.
— Quer que a gente leia pra você?
— Isso. Se for possível. Sou uma deficiente visual, não sou? Você pode fazer isso?
— Claro.
— Falei ali com seu amigo, o Leo, mas ele disse que o que eu queria era complicado demais, aí me mandou pra você.
— O forte dele é história em quadrinhos e livros pra crianças. O que você quer que eu leia, Sílvia?
— Um romance. Brasileiro. Antigo.
— Um clássico?

— É. Mas não pode ser muito conhecido... esses eu posso ler em braile.
— Algum autor preferido?
— Não. Só queria que não fosse aqueles caras românticos demais, aquela água com açúcar. Alguma coisa realista... Ah, e que tenha muitas descrições, de lugares, de pessoas...
— Descrições? Eu também gosto, mas o pessoal hoje em dia acha isso chato.
— Eu sou cega, Oto. Descrições pra mim são uma viagem. Fico imaginando tudo. Crio um cenário inteiro dentro da minha cabeça. Se o escritor for bom, sou capaz até de sentir os cheiros.
— Tem razão. Eu às vezes paro de ler e fecho os olhos, pra "ver" a cena.
— Acho que hoje em dia a rapaziada recebe essas imagens todas já prontas, pela televisão, pelo cinema. Eu não, tenho de imaginar tudo, entende? As imagens pra mim não existem. Só o tato, os cheiros... E a imaginação.
— Tô pensando, Sílvia... ninguém pede isso por aqui.
— Não tem pressa. Não quero incomodar. Deve ter gente com muito mais problemas do que eu. É que eu soube do trabalho de vocês pela televisão, e é tão perto de casa. Eu moro na Urca. Vou deixar o meu telefone e você...
— Não! Espera! Me dá só uns cinco minutos. Deixa eu pensar num livro bacana.
— Mas você tem tempo?
— Claro. Quase todas as tardes. A gente vai combinando.
— Não preciso pagar nada?
— Não. É um serviço comunitário. Pode trazer alimentos não perecíveis, essas coisas... A gente vê isso depois...
Oto fez uma careta.
— Não peça desculpas de novo — Silvia riu.

— A gente custa a se acostumar.
— O pessoal tem preconceito.
Quando ela disse isso ele ficou muito atento. Era uma palavra que acendia seu cérebro.
— Como assim? — ele perguntou.
— É o que a palavra significa: "pré-conceito", um conceito antes da realidade dos fatos. Você me vê aqui, cega, e já acha que deve ter pena de mim porque sou uma sofredora, e aí fica culpado e se policiando pra não falar o que não deve.
— É.
— E vai ficar enfiando "desculpas" em cada frase. Me poupe, tá? Eu sou cega de nascença. Tenho dezenove anos e nunca vi nada. Então o meu mundo é assim mesmo. Pronto. Agora... eu sei que sou diferente, quer dizer, a maioria das pessoas enxerga.
Ela falava isso sorrindo, não estava chateada com ele. E continuou:
— Então o mundo é feito por pessoas que enxergam. Tudo bem. As frases, as expressões, as conversas, tudo é feito pelas pessoas que enxergam. Daí que quando o sujeito fica diante de uma pessoa cega começa a falar um monte de coisas "politicamente incorretas". Não é culpa dele. A não ser que acredite de fato no que tá dizendo, compreende? Os negros, acho que sofrem muito com isso. É. Os negros sofrem um bocado, você nem imagina.
Oto ficou calado.
Ela não sabia que ele era negro.
Ele entendeu uma coisa ali, naquele momento, e disse a ela:
— De repente a maior parte do preconceito tá na linguagem.
— Taí. É o que eu acho também, Oto.
— De repente a linguagem é lenta demais pra captar as coisas novas.

— A linguagem é cheia de lugar-comum. A gente fala meio que ligada no automático.

— Eu sou ateu, mas vivo falando "nossa senhora", "juro por Deus", "se Deus quiser"...

— Pois é. Então relaxa, tá? Você vai deixar furo comigo a toda hora. Se pedir desculpa toda vez que usar o verbo "ver", vai me encher o saco.

— Tudo bem.

Ele chegou a esticar o braço para cumprimentá-la, brincando com o gesto de que estavam combinados, mas parou no meio do caminho. Ela não se movia. Ele teria de avisá-la: estenda a mão na minha direção.

Oto se considerava tímido. Com Sílvia teria de aprender a se expressar verbalmente para tudo.

— Você me dá aqueles cinco minutos? — ele repetiu.

— Tudo bem.

Oto levantou e foi lá fora, tomar um ar. Quando passou por Leo, este fez um gesto safado, querendo dizer que a menina era uma gata. O velho confirmou, sacudindo uma das muletas.

Oto sentou num banco que havia embaixo de uma figueira e tentou lembrar de algum livro. Mas Sílvia não saía de seu pensamento, não dava lugar para mais nada. Ele estava confuso. Lembrou de um filme mudo, em que tiram o tapete debaixo dos pés de um homem muito gordo que não consegue mais se levantar. Viu Sílvia lá sentada, em seu mundo escuro. Ela não tinha visto nenhuma das suas tolices. Podia apagar o passado. Ela o havia chamado de preconceituoso. E ele teve de engolir. Achou que estava na hora de voltar. Não queria ficar novamente com cara de idiota, sentado embaixo de uma árvore, todo confuso. Sorriu. Ela não podia ver.

Caminhou até sua mesa, devagar, pensando, aproximando-se dela. Sentou e disse:
— Pronto.
— Já? Que ótimo. Qual é? Fala logo.
— *O mulato*.
— De quem é?
— Aluísio Azevedo. Acho que você vai gostar. É tudo isso que você pediu. Tem descrições perfeitas, é bem realista, e é um clássico, mas não dos mais conhecidos.

Só não disse que o livro tratava de dois assuntos muito importantes para ele, naquele momento: paixão e preconceito.

· 5 ·
O certo é o contrário

Oto não quis esperar muito. Falou que podiam se encontrar na segunda à tarde, que o local ficava aberto a semana toda, e ele tinha o tempo livre depois das aulas. Ela agradeceu. Depois fez uma chamada no celular, apertando a rediscagem, e pediu para o tal Valter vir buscá-la. Uns vinte minutos depois apareceu o motorista no grande carro preto, buzinando, descendo e abrindo a porta para ela.

Na segunda-feira Sílvia chegou na hora marcada. Valter a deixou de carro e saiu apressado. Oto foi buscá-la:

— Não — ela disse. — Deixa que *eu* pego no teu braço.

— Tudo bem.

— As pessoas acham que devem pegar o meu braço e ir empurrando. Isso dá até medo. Parece que vão me jogar num abismo. O certo é o contrário. A gente é que deve segurar o braço de quem tá guiando.

— É sempre assim — disse Oto.

— Assim como?

— O certo é sempre o contrário.

Passaram rindo em frente a Leo. O surfista fez um gesto idiota, querendo dizer que Oto "tava se dando bem". Oto não respondeu. Ficou nervoso. Ainda não havia se acostumado com o fato de ela não poder ver.

Sentaram de frente um para o outro, no canto mais isolado do grande salão, em carteiras de estudante. Oto quis ficar bem perto dela, para poder ler naturalmente, sem ter de gritar.

Sílvia usava um vestido branco largo, de algodão. Parecia um anjo de óculos escuros.

Oto pegou o livro de dentro da mochila. Havia relido no fim de semana. E feito um pouco de pesquisa também.

— Vamos começar? — ele disse.

— Claro. Claro. Olha..., antes de tudo, obrigada, tá? Vou ocupar o teu tempo.

— Para com isso. Eu curto ler em voz alta, ainda mais se a pessoa tá interessada mesmo.

— Legal. Eu não peço pra lerem pra mim porque dá pra sentir que a pessoa tá fazendo um favor. É chato.

— Fica tranquila. É uma das coisas que eu mais gosto de fazer. Juro. Eu leio em voz alta até sozinho. Gosto do som das palavras.

— Então vamos. Vem cá, posso tocar no livro?

Oto passou para as mãos dela o volume de *O mulato*. Era novo. Ela o segurou, apalpou, virou de todos os lados, folheou e cheirou as páginas antes de devolver.

— Você se importa se eu falar um pouco sobre o autor? — Oto perguntou. — É o que eu costumo fazer.

— Claro que não. Eu até ia te pedir isso. Pra me situar.

— Bom, quem escreveu *O mulato* foi o Aluísio Azevedo.

— Foi o mesmo que fez *O cortiço*, não foi?

— É. *O cortiço* é o livro mais famoso dele. *O mulato* ele escreveu antes. Foi o segundo livro dele. Tinha vinte anos.

— Quantos anos você tem, Oto?

Ele se espantava. Ela não o via mesmo. Só sabia quem ele era através da fala, e da consciência que havia por trás da fala.

— Eu tenho vinte anos também, Sílvia.

Ele podia ter dito cinquenta, quarenta, vinte e cinco. Era uma liberdade assustadora.

— Quando ele escreveu *O mulato* tinha a nossa idade — ela disse.

— E é um livro tão forte, tão bem escrito, com um vocabulário tão rico. E o cara tinha só vinte anos. Essas coisas fazem eu me sentir uma besta.

— Por quê?

— Quero ser escritor. Na verdade, já andei cometendo uns contos.

— Lê pra mim?

— Um dia. Agora vamos falar do Aluísio.

— Tá.

— Ele nasceu no Maranhão, em 1857. Morava na capital, em São Luís. O pai queria que ele fosse comerciante, mas com dezessete anos ele se mandou aqui pro Rio de Janeiro, pra estudar na Academia Imperial de Belas-Artes.

— Era pintor também?

Pintura, desenho, imagens... Ela nunca ia ver.

— Era. E desenhista. E dos bons. Quando ainda era menino ganhava uma grana fazendo retratos das pessoas importantes lá do Maranhão. Depois se especializou em pintar defuntos.

— O cara era meio doido?

— Também, mas naquela época era mais fácil pintar que tirar fotos. Retratar defuntos era uma profissão.

— E ele veio pro Rio assim sozinho, com dezessete anos?

— O irmão mais velho já morava aqui, o Artur de Azevedo, um jornalista e escritor de peças de teatro, comédias... Es-

se também ficou bem famoso. Bom, o primeiro livro do Aluísio se chamava *Uma lágrima de mulher*, e tinha um estilo romântico exagerado pra caramba. Um ano depois ele publicou este aqui, *O mulato*. Num estilo totalmente diferente.
— Que bom.
— *O mulato* é considerado o livro que introduziu no Brasil a escola literária conhecida como naturalismo. Quer saber o que era? Te interessa? Se tiver enchendo, avisa.
— Não, Oto. Fala.
Ele havia colocado fichas com anotações no bolso. Queria mostrar a ela como era culto e inteligente, mas tinha dificuldade em decorar informações práticas, por isso ia ter de "colar". Ela não ia poder ver. Sentiu-se meio canalha, mas foi em frente:
— O estilo que predominava por aqui na época era o romantismo, com aquele sentimentalismo rasgado, uns enredos fantasiosos, donzelas puras, heróis perfeitos e finais moralistas. José de Alencar, Joaquim Manuel de Macedo.
— Sei. Já li José de Alencar. Em braile.
— Você já se tocou que essas escolas literárias não são acidentes, Sílvia? Os estilos refletem a cultura, o tempo que se tá vivendo. A miséria e a violência de uma favela produzem um *rap*, por exemplo, e não tangos melancólicos. O romantismo refletia o nosso passado colonial, retratava a vida das elites, dos senhores donos de terras e escravos. Aí veio o iluminismo, a ciência foi tomando o espaço da religião, depois o século XIX, a revolução industrial, a economia se modificava, vieram as ideias modernas... o positivismo, o socialismo, a psicanálise... Darwin escreveu sobre a evolução da espécie... — Oto não sabia se estava indo longe demais, se ela desconfiava que ele estava lendo, mas tinha de seguir adiante, ela o ouvia com tanta atenção. — Esse progresso cien-

tífico todo tinha de invadir a literatura também, daí surgiu o realismo, que foi uma reação ao romantismo. Quer dizer, em vez de ficar idealizando a realidade, inventando situações e personagens que não podiam existir de verdade, o realismo quis falar sobre a vida como ela é mesmo, reproduzir as situações e as pessoas de verdade, aí os romancistas passaram a usar os métodos científicos... pesquisar muito, observar bastante, descrever tudo nos mínimos detalhes.

— Que é o que eu gosto.
— O realismo...
— Mas não era naturalismo?
— Eu chego lá.
— Desculpa, Oto. Tô interrompendo muito?
— Não. Fique à vontade. Interrompe mesmo, senão eu me empolgo e não paro de falar. O naturalismo é uma forma de realismo, sacou? As duas escolas tinham pontos em comum, atacavam os regimes antigos, a monarquia, e também a Igreja católica, a escravidão e todos os pensamentos conservadores. Só que os naturalistas iam mais fundo na natureza animal do ser humano, acreditavam que as pessoas eram fruto do meio em que viviam, e descreviam bastante os cenários dos romances, pra provar isso. Acreditavam que nós somos movidos por nossas manifestações instintivas, pelo sexo, por exemplo.

Aí Oto se enrolou. Tinha ido longe demais. Atrapalhou-se com a ficha que estava lendo, e ela caiu no chão. Sílvia devia ter sentido aquilo. Ele foi se abaixando lentamente, tentando não fazer nenhum ruído, nenhum deslocamento de ar, com medo de que algum osso estalasse, e teve de ir falando enquanto isso, para que ela não desconfiasse do silêncio.

— ... então, quer dizer, os naturalistas encheram seus romances de padres safados, ricos ladrões e homens corruptos, mulheres histéricas, todos os tipos de taras patológicas. Os leitores sofriam as injustiças sociais, a decadência das instituições, a vida dos menos favorecidos. — Oto conseguiu reaver a ficha e voltou à posição anterior. — Bom... para os naturalistas, nós somos um bando de animais determinados pelo meio e pela hereditariedade.

— Engraçado. O Aluísio Azevedo era um naturalista...

— Considerado o fundador do...

— Pois é, mas parece que ele mesmo foi um exemplo do contrário do que pensava.

— Como assim, Sílvia?

— Ué, se a gente é determinado pelo meio em que vive, como é que o maluco de um garoto de dezenove, vinte anos, que morava numa província nos cafundós de um país que era uma colônia nos cafundós do planeta... aí esse menino vai e escreve o primeiro livro naturalista do Brasil... Pô, ele fez tudo isso *apesar* de todo o ambiente em volta, é ou não é?

— Nunca tinha pensado nisso.

Ela era esperta. Inteligente. Ele não podia vacilar. E muito bonita. Ia acabar desconfiando de que ele estava lendo aquilo tudo.

— Vamos começar logo? — ele propôs. — A gente pode ir explicando as coisas durante a leitura. É melhor. Você interrompe quando quiser, tá?

— Beleza. E, quando você quiser parar pra explicar algum trecho, faça isso. Eu tô adorando as tuas explicações.

Ela sorriu. Ele não sabia dizer se estava sendo irônica. Começou a ler *O mulato*.

• 6 •
Descrições

— Era um dia abafadiço e aborrecido. A pobre cidade de São Luís do Maranhão parecia entorpecida pelo calor. Quase que não se podia sair à rua: as pedras escaldavam; as vidraças e os lampiões faiscavam ao sol como enormes diamantes; as paredes tinham reverberações de prata polida; as folhas das árvores nem se mexiam...

Enquanto lia o primeiro parágrafo do primeiro capítulo, Oto logo compreendeu as forças que as palavras tinham para a imaginação de Sílvia. Dava para ver que ela captava a descrição de um dia de calor naquela província isolada no norte do Brasil com os próprios poros. Ele continuou:

— De um casebre miserável, de porta e janela, ouviam-se gemer os armadores enferrujados de uma rede [...] uma preta velha, vergada por imenso tabuleiro de madeira, sujo, seboso, cheio de sangue e coberto por uma nuvem de moscas, apregoava em tom muito arrastado e melancólico: "Fígado, rins e coração!".

— Começou bem — ela disse, ao ouvi-lo virar a primeira página. — Fiquei até com calor.

— Não vá se desidratar.

— O cara é bom mesmo nas descrições.

— Você não viu nada.
— O Aluísio era negro?
Aquele assunto o deixava em alerta.
— Por quê?
— Nada. É que eu não posso saber se não perguntar, né?
— e ela sorriu.
— Tem razão. Não. Ele era branco. Filho de português. E tinha uns bigodões enormes. Ele passava cera nas pontas e puxava pra cima.
— Por que o livro se chama *O mulato*?
— O personagem principal é um mulato.
— Ah.
— Não vou contar a história, pra não perder a graça.
— Dá só uma pista.
— Tá. O protagonista se chama Raimundo. É filho de português com uma negra. O pai fica rico e casa com uma mulher rica, da elite do Maranhão, e ela se torna amante de um padre.
— Tá brincando?
— O padre é o maior safado, vai aprontar o tempo todo. É o vilão da história.
— Fala sério.
— Era uma característica do naturalismo e do realismo também. Eram anticlericais... contra a Igreja.
— Eu sei.
— O Aluísio até tentou lançar um jornal anticlerical lá em São Luís, no mesmo ano em que publicou *O mulato*, mas aí foi demais. A pressão da sociedade e da Igreja fez ele fugir aqui pro Rio de vez.
— Imagino. O cara devia ser irado.
— Criou o maior escândalo na terra dele. Neste livro aqui, além de meter o pau na hipocrisia da Igreja, ainda tratou de

adultério, histeria feminina, injustiça social, sem falar que expôs as intrigas entre as elites da cidade, e uma porção de pessoas pôde se reconhecer perfeitamente nos personagens. Mas o tema principal do livro é o preconceito racial.

Oto não quis mostrar que o assunto era especial para ele. Foi o mais natural possível. Não queria fazê-la pensar que ele havia escolhido aquele livro com segundas intenções.

— Raimundo vai se apaixonar por uma branca, uma prima, filha de um sujeito importante, e aí começam os problemas... — Ia ser difícil. Começou a se arrepender. — Acho que já tô falando demais.

— Continua a ler. Continua.

— *Os corretores de escravos examinavam, à plena luz do sol, os negros e moleques que ali estavam para ser vendidos; revistavam-lhes os dentes, os pés e as virilhas; faziam-lhes perguntas sobre perguntas, batiam-lhes com a biqueira do chapéu nos ombros e nas coxas, experimentando-lhes o vigor da musculatura, como se estivessem a comprar cavalos.*

— Eram tratados como animais.

Oto prestou atenção no tom de voz. Ela pareceu ter dito aquilo sem muita indignação. Teve a impressão de que Sílvia não se abalava muito com o tratamento dado aos negros escravizados.

Oto não queria achar isso dela, mas era até natural que uma menina rica, moradora de uma mansão da Urca, um dos bairros mais caros e aristocráticos do Rio de Janeiro, com chofer, uma mãe com um colar de pérolas daquele, uma menina paparicada, ainda mais por ser cega, devesse ser superprotegida. Era natural que tivesse o mesmo preconceito contra negros, normal, que tem a maioria das pessoas de sua classe no Brasil. Os estereótipos... Continuou a ler.

No primeiro capítulo Aluísio apresentava os personagens. O tio do mulato Raimundo:

— *Manuel Pedro da Silva, mais conhecido por Manuel Pescada, era um português de uns cinquenta anos, forte, vermelho e trabalhador. Diziam-lhe atilado para o comércio e amigo do Brasil [...] tinha o seu armazém na Praia Grande [...] em cujas lojas prosperava, havia dez anos, no comércio de fazendas por atacado.*

Manuel era viúvo. Sua mulher, Mariana, havia morrido e lhe deixado uma filha, Ana Rosa, a prima de Raimundo, a "heroína" da história:

— *[...] E crescera sempre bonita de formas. Tinha os olhos pretos e os cabelos castanhos de Mariana, e puxara ao pai as rijezas de corpo e os dentes fortes.*

O modo como Aluísio descreveu Ana Rosa deixou Oto constrangido. Começou a se perguntar, aflito, onde é que estava com a cabeça quando sugeriu à Silvia a leitura justo daquele romance. Ela ia acabar dando um tapa na cara dele.

— *Com a aproximação da puberdade apareceram-lhe caprichos românticos [...] Feitos os quinze anos, ela começou pouco a pouco a descobrir em si estranhas mudanças; percebeu, sentiu que uma transformação importante se operava no seu espírito e no seu corpo [...] E, com surpresa, reparou que seus membros ultimamente se tinham arredondado; notou que em todo o seu corpo a linha curva suplantara a reta e que as suas formas eram já completamente de mulher.*

Sílvia cruzou as mãos sobre o colo. Oto viu nisso um sinal de constrangimento. Aquilo não ia dar certo. Vinham trechos cada vez mais fortes à frente. Pensou em pular alguns parágrafos. Não. Ela ia perceber. Não seria honesto. Podia inventar uma doença e sumir. Mas deixar de ver Sílvia? Não ia dar. Tinha de continuar com aquilo. Mas e se ela chegasse em casa e contasse o tipo de coisas que ele estava lendo para ela? E ainda por cima ele, um negro. E o diabo do Aluísio não parava com aquilo:

— *Com estes devaneios, acudia-lhe sempre um arrepiozinho de febre; ficava excitada, idealizando um homem forte, corajoso, com um bonito talento, e capaz de matar-se por ela.*

— Pô, ela tá a perigo mesmo... — comentou Sílvia.

Oto gaguejou alguma coisa sem nexo, todo atrapalhado.

Por sorte havia descrições de outros personagens, e ele continuou, aliviado. Dona Maria Bárbara, a megera, avó de Ana Rosa, sogra de Manuel Pescada, que vivia com eles:

— *[...] apesar de muito piedosa; apesar de não sair do quarto sem vir bem penteada, sem lhe faltar nenhum dos cachinhos de seda preta, com que ela emoldurava disparadamente o rosto enrugado e macilento; apesar do seu grande fervor pela igreja e apesar das missas que papava por dia [...] Era uma fúria! Uma víbora! Dava nos escravos por hábito e por gosto [...] Quando falava nos pretos, dizia "os sujos" e, quando se referia a um mulato, dizia "o cabra". Sempre fora assim e, como devota, não havia outra [...] obrigava a sua escravatura a rezar aí todas as noites, em coro, de braços abertos, às vezes algemados.*

Esse trecho ele achou que tinha lido num tom mais alto e procurou disfarçar:

— Repara como Aluísio faz questão de associar a Igreja à escravidão. A Igreja católica compactuava com a escravidão. Em outros trechos isso fica mais claro.

— É.

Não sentiu muito interesse da parte dela, e para ele a indiferença era um sintoma de preconceito.

Por cima do ombro dela viu duas crianças em cadeiras de rodas se acomodando ao redor de Leo. Ele brincou com elas e depois começou a ler histórias em quadrinhos. Os três riam e se divertiam.

Oto terminou o primeiro capítulo lendo sobre Luís Dias, um empregado de Manuel Pescada, possível futuro marido de Ana Rosa, e que teria um papel importante na trama:

— [...] *um rapaz português [...] muito ativo, econômico, discreto, trabalhador, com uma bonita letra, e muito estimado na Praça [...] Mas a coisa era que o diabo do homem, apesar das suas prósperas circunstâncias, impunha certa lástima, impressionava com o seu eterno ar de piedade, de súplica, de resignação e humildade. Fazia pena, incutia dó em quem o visse, tão submisso, tão passivo, tão pobre rapaz — tão besta de carga.*

Apesar disso:

— *Manuel Pedro via, com efeito, naquela criatura, trabalhadora e passiva como um boi de carga e econômico como um usurário, o homem mais no caso de fazer a felicidade da filha. Queria-o para genro e para sócio.*

Mas Ana Rosa o detestava:

— *Tinha-lhe birra; não podia sofrer aquele cabelo à escovinha, aquele cavanhaque sem bigode, aqueles dentes sujos, aquela economia torpe e aqueles movimentos de homem sem vontade própria.*

— Esse Luís Dias devia ser nojento mesmo. Dente sujo não dá — disse Sílvia, quando Oto avisou que o primeiro capítulo tinha terminado.

Ele sorriu. Tinha dentes ótimos. Limpos. Certos. Ela não podia ver.

— O que você tá achando? — ele perguntou. —Tá gostando? A gente pode ler outro livro se...

— Tô adorando! Era isso mesmo que eu queria! É o máximo!

Oto se conformou:

— Bom, a trama vai ficando mais intensa à medida que as coisas vão acontecendo. Tem muita ação. Nesses primeiros capítulos ele mostra os ambientes, descreve os personagens centrais.

— É — Sílvia cortou. — E por falar nisso eu queria te pedir um favor.

— Diz aí.

— Descreve você pra mim.

Oto ficou gelado.

— Como assim?

— Imagina que eu não posso te ver. Pelo visto nós vamos conviver alguns dias, semanas... Fico curiosa. Queria fazer uma imagem tua, entende? Só sei duas coisas sobre você. A tua idade, e que é um cara muito legal.

Oto ficou mudo. Aquilo era completamente inesperado. Fechou o livro e olhou para ela, ali, bem a sua frente, sem poder vê-lo. Uma porção de coisas passou por sua cabeça.

— E aí? — ela falou. — Se não quiser, deixa pra lá.

Ele tinha de dizer alguma coisa. Olhou para Leo se divertindo com as crianças.

— Não, Sílvia. Ué... tudo bem... Eu tenho um metro e oitenta e um, sou mais para o magro, mas musculoso, sou louro, com o cabelo curto, tenho os olhos azuis-claros, um cavanhaque assim meio ralo, uso um brinco de argola de prata na orelha esquerda, e a pele... bronzeada... porque... sou surfista.

· 7 ·
Olhos azuis

— Surfista? Legal!
— É. Pego umas ondas.
— Tá vendo? A gente não deve ter preconceito.
— Por quê?
— Você é um exemplo, Oto.
— Sou?
— Claro, cara. Olha só, um surfista que gosta de ler, que estuda Letras, que quer ser escritor.
— Isso é. Eu tento conciliar a paixão que eu tenho pelas ondas com a cultura, a literatura...
— Esse negócio de que surfista é alienado, que não sabe falar direito, que não lê nada...
— Nada a ver... É um estereótipo...
— É sim, Oto. E você pega onda onde?
— No Arpoador. Na Barra da Tijuca também.
— Mesmo quando tá *crowd*?
— Tá o quê?
— *Crowd*... praia cheia... surfista não chama assim?
— Ah, é... não, quando tá *crowd* eu nem entro na água. Você espera aqui um instante, Sílvia?

Antes de começar a ler o segundo capítulo Oto levantou para dar uma volta. Precisava respirar. Atravessou o salão sem olhar para Leo e foi ao bar comprar uma garrafa de água mineral.

Foi discutindo consigo mesmo, uma briga feroz. Sua parte política, consciente, engajada, que lutava por seus direitos e contra os preconceitos, discutia violentamente contra instintos, inconsciente, loucuras de paixão, atos irrefletidos e todas as forças interiores que deixam as atitudes do sujeito fora de controle.

Por que mentir? Vergonha de ser negro? Medo de não ser aceito? Preconceito contra si mesmo? Então quer dizer que ele só assumia a cor de sua pele porque era inevitável? Por que o *viam*? Na primeira oportunidade dizia-se branco? E louro! Então era contra os estereótipos, mas quando quis inventar um novo corpo pensou logo num branco, louro, de olhos azuis!?

Medo. Medo de não ser aceito. Uma menina criada no meio da elite do Brasil seria forçosamente racista, aquele racismo "cordial" que os brasileiros inventaram para apaziguar as consciências e adiar as revoltas. Ele fingia ter outro corpo para não afastá-la, estava apaixonado, não queria que ela dissesse que estava se encontrando com um negro. A família talvez a impedisse. Então ele mentiu para ganhar tempo. Ganhar a confiança dela. Mais tarde diria a verdade. Era só uma estratégia, não precisava ficar se torturando tanto. No amor e na guerra vale tudo.

Voltou com a água e dois copos. Beberam. Oto sabia que se relaxasse um pouco seu estado confuso iria aflorar. Estava quase impossível manter a expressão calma. Sílvia afinal não podia ver. Mas podia sentir. Melhor não arriscar. Melhor começar logo a ler de novo.

— Faz um favor pra mim — ela pediu, antes.

Ele ficou gelado. Estava se assustando à toa.

— Claro.

— Lê de novo aquela parte em que a mãe de Ana Rosa, antes de morrer, ensina a filha a lutar pelo seu amor.

As palavras saindo da boca de Sílvia apagavam todos os pensamentos confusos que Oto estava tendo. Era como se o universo fosse uma frase muito longa e complicada e os dois estivessem à parte, sozinhos, protegidos dentro de um parênteses.

Ele leu:

— *Minha filha, disse-lhe a infeliz já nas vésperas da morte, não consintas nunca que te casem, sem que ames deveras o homem a ti destinado para marido. Não te cases no ar! Lembra-te que o casamento deve ser sempre a consequência de duas inclinações irresistíveis. A gente deve casar porque ama, e não ter de amar porque casou. Se fizeres o que te digo, serás feliz!*

— Isso é tão lindo...

Oto teve uma vontade louca de beijá-la. Ele podia se inclinar para a frente e fazer isso. Ela não ia ver, não ia poder nem recuar antes, de repente sentiria os lábios dele encostando nos seus e... Melhor falar alguma coisa para não fazer mais bobagens. Procurou uma informação importante entre suas fichas:

— Sabe, Sílvia, esse trecho é uma chave para todo o romance. A luta da heroína pelo seu amor, contra tudo e contra todos.

— Contra o preconceito.

— É! É!

Oto engoliu em seco. Tinha quase gritado.

— Seu amor era o tal Raimundo. E ele era mulato.

— Isso, Sílvia!

Ele fez um grande esforço para conter o seu entusiasmo. Queria berrar que era negro, negro! E que eles deviam lutar pelo amor, contra os preconceitos, e que... Diabo do Aluísio e daquele livro que ainda ia levar Oto a cometer uma loucura. Consultou uma das fichas e continuou:

— Por trás disso que a mãe fala para a filha tem uma experiência de vida do próprio autor. A mãe dele era muito bonita e culta, teve muitos pretendentes, mas naquela sociedade provinciana e conservadora da elite lá do Maranhão ela era submissa aos pais, e foi obrigada a se casar com um comerciante português muito rico. Só que ela não se sujeitou e abandonou o marido. Foi morar com amigos. O maior escândalo.

— Legal.

— Ficou "falada", conhecida como "a mulher sem marido". Mas enfrentou todo mundo, continuou morando na cidade, e depois conheceu o pai de Aluísio, que era vice-cônsul do governo português. Ele era viúvo. Os dois moraram juntos, e tiveram três filhos. Tudo isso sem casar. Mais escândalo.

— Pra época deve ter sido um choque.

— Foram marginalizados. Insultados. Dá pra notar que com O mulato é como se Aluísio quisesse dar o troco àquela sociedade hipócrita. E deu.

— Vai, Oto. Continua a ler.

— Bom, aqui, no começo do segundo capítulo, ele começa logo descrevendo o vilão, o padre, o cônego Diogo.

Oto limpou a garganta com um gole de água e prosseguiu com a leitura:

— *Era um velho bonito; teria quando menos sessenta anos, porém estava ainda forte e bem conservado; o olhar vivo, o corpo teso, mas ungido de brandura santarrona. Calçava-se com esmero, de polimento; mandava buscar da Eu-*

ropa, para seu uso, meias e colarinhos especiais, e, quando ria, mostrava dentes limpos, todos chumbados a ouro. Tinha os movimentos distintos; mãos brancas e cabelos alvos que fazia gosto [...] *Diogo era confidente e o conselheiro do bom e pesado Manuel; este não dava um passo sem consultar o compadre...*

— Sabe — Sílvia cortou —, enquanto você lê eu vou construindo a imagem do personagem dentro da minha cabeça, e depois disso não esqueço mais como ele é.

Oto ficou apavorado. Para ela ele seria branco, de olhos azuis, louro e surfista para sempre!

Continuou a ler. Veio a notícia de que Raimundo, o sobrinho de Manuel, iria chegar à São Luís do Maranhão. O rapaz fora mandado para estudar na Europa aos cinco anos de idade, depois da morte do pai, assassinado misteriosamente numa emboscada. Passara toda a vida por lá, em Portugal, na Alemanha e na Suíça, e se formou em Direito. Depois viajou pelo mundo, até chegar à corte, no Rio de Janeiro, onde pretendia abrir uma empresa. Mas, antes disso, ia à província natal vender terras e outras propriedades que haviam pertencido ao seu pai.

A notícia deixa o padre abalado.

A sogra de Manuel fica furiosa, não quer um mulato por ali, frequentando sua casa.

Manuel tem de aceitá-lo. É filho de seu irmão.

— Há um mistério no ar — Oto interrompeu, para criar suspense. — Os três sabem quem é a mãe de Raimundo. Mas Raimundo não sabe.

— Nem eu. Quem é ela?

— Calma. Aí começam as intrigas, os fuxicos, os boatos sobre a chegada do mulato que estudou e que tem de ser aceito num ambiente conservador e racista. E tem de ser aceito principalmente porque tem dinheiro, ações, propriedades.

Oto continuou a ler. Em seguida vieram as descrições de personagens secundários. Aluísio recriava o ambiente da província, nos seus mínimos detalhes. Os empregados de Manuel, suas dificuldades, suas falas.

Passaram direto para o terceiro capítulo.

— É a chegada de Raimundo — Oto avisou. — Triunfal. Você vai ver, quer dizer...

— Tá desculpado. Continua.

O navio vindo do Rio de Janeiro chegou. Manuel e o padre foram receber Raimundo, e atravessaram com ele a Praça do Comércio.

— *A novidade foi logo comentada. Os portugueses vinham, com as suas grandes barrigas, às portas dos armazéns de secos e molhados, os barraqueiros espiavam por cima dos óculos de tartaruga; os pretos cangueiros paravam para "mirar o cara-nova".*

Depois dessa primeira impressão da chegada, vinha a descrição do herói:

— *Raimundo tinha vinte e seis anos e seria um tipo acabado de brasileiro, se não foram os grandes olhos azuis, que puxara do pai. Cabelos muito pretos, lustrosos e crespos, tez morena e amulatada, mas fina; dentes claros que reluziam sob a negrura do bigode; estatura alta e elegante; pescoço largo, nariz direito e fronte espaçosa [...] Tinha os gestos bem-educados, sóbrios, despidos de pretensão, falava em voz baixa [...] vestia-se com seriedade e bom gosto, amava as artes, as ciências, a literatura e, um pouco menos, a política.*

— Puxa, esse Aluísio faz o personagem ter vida. Só tem um problema.

— Qual?

— Um mulato de olho azul?!

— É. Ele forçou um pouco a barra. Os críticos já falaram sobre isso. Mas acho que o Aluísio precisava criar um mulato que se confundisse com um branco, porque o racismo daquela época era tão forte que não havia a menor chance de um negro, por exemplo, conviver com as elites, muito menos pensar num possível romance com uma branca.

— Tudo bem. Eu já até fiz a imagem do Raimundo. Ficou bonito. Um mulato com olhos azuis.

Oto quase perguntou o que ela acharia de um negro de olho azul. Ela diria que seria mais bonito ainda, e ele confessaria que era negro. Iria se confessando aos poucos. Aparando a mentira. Cortava o cabelo louro. Tirava o cavanhaque e o brinco. Mas mantinha os olhos azuis. Lentes de contato. Bobagem. Continuou lendo.

O terceiro capítulo era bem longo.

Trazia a explicação do nascimento de Raimundo, que para ele próprio era um mistério, e um dos motivos por ter voltado àquela província afastada. E trazia a história de seu pai, um contrabandista de escravos. O filho que tivera com uma escrava. A miséria. O enriquecimento, depois, e o casamento com uma branca...

— [...] *viúva, brasileira, rica, de muita religião e escrúpulos de sangue, e para quem um escravo não era um homem, e o fato de não ser branco constituía só por si um crime.*

A mulher era uma megera. Suas atrocidades com a negra e o filho bastardo de seu marido o fizeram ler com raiva.

Oto continuou assim. As artimanhas do cônego Diogo, um então jovem vigário, tornando-se amante da mulher. O flagrante de adultério. O pai de Raimundo assassinando a esposa. A culpa, a loucura, o acordo com o padre.

A lenta recuperação do pai, sua última viagem até a fazenda São Brás, onde tudo havia acontecido. A emboscada. A morte.

A loucura e o sumiço da mãe de Raimundo.

Tudo isso em meio às delirantes e minuciosas descrições da natureza, florestas, poentes, céus avermelhados, luares. E o destino de Raimundo, a decadência da fazenda, os fantasmas do passado.

Quando terminou a leitura do capítulo, Oto estava com a garganta seca.

Os dois beberam água, calados.

— Isso pra mim é cinema! — Sílvia disse. — A palavra me faz ver.

Oto pensou numa coisa inteligente para dizer, mas não teve tempo. O carro parou na calçada em frente e buzinou.

— É o Valter — ela disse. — Puxa, o tempo passou rápido. Tenho de ir. Amanhã não pode ser. Que tal quarta?

— Tudo bem.

Ela o ouviu levantar para ajudá-la, mas recusou:

— Não, Oto. Eu gosto de me virar sozinha. Se eu me acostumar a ser ajudada, vou me acostumar também a me sentir desamparada. — Tirou um pequeno bastão da bolsa, sacudiu-o e ele se transformou numa pequena e fina bengala de metal. — Tenho um senso de direção muito bom. Basta passar uma vez por um lugar e já sei o caminho. Até mais. E muito obrigada. Vou sonhar com isso.

Ela estendeu a mão. Os dois se cumprimentaram, pela primeira vez.

— Você tem uma mão forte e verdadeira.

Ele a viu se afastar, cruzar o salão sem esbarrar em nada, entrar no carro e ir embora. Será que ela sabia o tempo todo que ele era negro, por isso quis ir sozinha se encontrar com o motorista?

Oto ficou olhando para sua própria mão. A única parte branca de seu corpo. Ela sabia que ele era negro? Por isso dissera que a mão dele era "verdadeira"?

· 8 ·
Correndo para o abismo

Nas duas noites que se seguiram, Oto conseguiu conciliar seus pensamentos. Concluiu que havia se fingido de branco por instinto de defesa. Revelar-se negro seria causar um problema desnecessário. Uma garota como Sílvia já seria naturalmente superprotegida pelos pais, numa sociedade violenta como a do Rio de Janeiro. Sendo deficiente visual, então, o problema se agravava. Se Sílvia chegasse em casa e contasse que estava saindo com um negro, os pais a impediriam. Ele precisava ganhar a confiança dela primeiro, para só então dizer que era negro e explicar por que havia mentido. Daria seus motivos de maneira tão inteligente que acabaria de vez com todos os preconceitos deles, os dois namorariam e seriam felizes para sempre. Passou a madrugada de terça escrevendo os tais motivos que o levaram a mentir, para não esquecer.

Quando voltaram a se encontrar, no começo da tarde de quarta-feira, Oto estava confiante e Sílvia ansiosa para ouvir a continuação do romance. Ele avisou:

— Neste quarto capítulo Aluísio aproveitou a chegada do Raimundo à São Luís do Maranhão, e sua apresentação à elite do lugar, para descrever alguns representantes dessa elite e como viviam, o que falavam. Ele quer fazer uma análise dessa sociedade de província, o mundo pequeno, os orgulhos mesquinhos, os preconceitos, as festas, os inconvenientes, as fofocas, como eles se divertiam, o que comiam. Tem gente que acha isso chato.

— Pode ler, Oto.

— A pessoa precisa querer saber sobre História do Brasil pra curtir essas partes. É um tipo de história da vida, do cotidiano das pessoas, e acho que ninguém fez isso, essas descrições, melhor do que o Aluísio.

Oto estava com medo de que Sílvia se aborrecesse com certos capítulos. Ela sorriu e repetiu:

— Pode ler, cara.

No começo, ao final de cada parágrafo, ele olhava rapidamente para ela, mas acabou se convencendo de que estava agradando mesmo.

Leu sem interrupção, e assim, embalado, continuou pelo quinto capítulo, encorajado pela total concentração de Sílvia. Estavam tão envolvidos pela linguagem, que Oto não percebeu que corria em direção a um precipício.

Aluísio voltava a descrever as sensações de Ana Rosa, sua sensualidade, só que agora começava a avançar sobre a paixão dela por Raimundo.

Na reunião descrita no capítulo anterior, em que Raimundo fora apresentado à sociedade, Ana Rosa tinha ficado à parte, ciumenta já do assédio que o primo sofria. Assim que a festa termina, e os convidados se vão...

— *Ana Rosa, mal ficou sozinha, no aconchego confidencial da sua rede, na íntima tranquilidade de seu quarto, frouxamente iluminado à luz mortiça do candeeiro de azeite, principiou a passar em revista todos os acontecimentos desse dia. Raimundo avultava dentre a multidão dos fatos [...] aquele rosto quente, de olhos sombrios, olhos feitos* do azul do mar em dias de tempestade, aqueles lábios vermelhos e fortes, aqueles dentes mais brancos que as presas de uma fera, impressionavam-na profundamente. "Que espécie de homem estaria ali!" [...] "Mas, afinal, quem seria ao certo aquele belo moço?..."

Aluísio começa então a descrever o interesse de Ana Rosa pelo primo. E não faz isso a partir de um ideal de pureza, como um romântico, mas com todo o realismo de um naturalista:

— *Entontecia de pensar nele. O hibridismo daquela figura, em que a distinção e a fidalguia do porte harmonizavam caprichosamente com a rude e orgulhosa franqueza de um selvagem, produzia-lhe na razão o efeito de um vinho forte, mas de uma doçura irresistível e traidora; ficava estonteada; perturbava-se toda* [...] *E Ana Rosa deixava-se invadir lentamente por aquela embriaguez, esquecendo-se, alheando-se de tudo, sem querer pensar em outro objeto que não fosse Raimundo. De repente surpreendeu-se a dizer: "Como deve ser bom o seu amor!..." E ficou a cismar, a fazer conjeturas, a julgá-lo minuciosamente, da cabeça aos pés.*

Oto parava para tomar fôlego e olhar Sílvia. Ela parecia respirar mais profundamente. E, às vezes, umedecia os lábios com a língua. Ele não conseguia parar de ler. Não queria.

— *E, entre mil devaneios deste gênero, com o sangue a percorrer-lhe mais apressado as artérias, conseguiu afinal adormecer, vencida pelo cansaço. E, quem pudesse observá-la pela noite adiante, vê-la-ia de vez em quando abraçar-se aos travesseiros e, trêmula, estender os lábios, entreabertos e sôfregos, como quem procura um beijo no espaço.*

Ana Rosa se aproximava de uma crise histérica, tão ao gosto das heroínas dos naturalistas. Não tinha controle sobre seus instintos carnais, ela queria o primo, com loucura, e essa procura em satisfazer seus desejos se estenderia por todo o livro. Oto não sabia como lidar com isso.

Ana Rosa e Raimundo vão aos poucos se aproximando, nas tardes abafadas do Maranhão. Riem, conversam, ele desenha, ela canta, leem versos e contos. Oto já ia dizer "como nós estamos fazendo agora, meu amor", mas não disse.

Ana Rosa não se satisfazia com isso. Queria tocá-lo, senti-lo.

— "[...] *Não acha, primo? Olhe, veja como tenho as mãos frias...*" *E entregava-lhe as mãos* [...] *Outras vezes fingia reparar que o rapaz tinha os dedos muito longos e vinha-lhe à fantasia de medi-los com os seus, ou queixava-se de ameaças de febre e pedia-lhe que lhe tomasse o pulso.*

Sílvia ouvia e balançava a cabeça, para baixo e para cima, identificando-se.

Ana Rosa começa a fazer loucuras de amor. Passa a entrar às escondidas no quarto de Raimundo. Revista suas coisas, sem que ele saiba. Raimundo vê os indícios, um prendedor de cabelo dela embaixo de seu travesseiro. Fica preocupado, mas...

— [...] *sentia no entanto certo gosto vaidoso em preocupar tanto a imaginação de uma mulher bonita* [...] *gostou de perceber que seu retrato era, de todos os objetos, o mais violado, e, como bom polícia, chegou a descobrir-lhe manchas de saliva, que significavam beijos.*

Oto avançou pelo sexto capítulo sem poder parar, desgovernado, sabendo o que viria a seguir, o abismo, atraído por ele.

Ana Rosa entrava no quarto, bisbilhotava, "cheirava sofregamente" os objetos de Raimundo.

— [...] *mexendo em tudo, a palpitar num gosto novo e desconhecido, secreto, cheio de sobressaltos, quase crimino-*

so; saboreando aos poucos, em goles compassados, como um vinho bom, gozos extremamente fortes, violentos [...].
Oto olhava para Sílvia. As coisas estavam fugindo do controle. Ana descobre, nas páginas de um livro de Raimundo, o desenho de uma mulher dando à luz uma criança. Uma mulher completamente nua, exposta. O sangue de Ana Rosa ferve. Aí, justo aí, o primo entra no quarto.
Sílvia prende a respiração. Ela está de camiseta. Oto não pode deixar de olhar para seu corpo, tenso, excitado.
— *Ana Rosa voltou-se em sobressalto e deu, cara a cara, com Raimundo, que a fitava, repreensivo, soltou um grito e tentou fugir. O livro caiu ao chão, escancarando uma página, onde se via desenhado o interior de um ventre* [...].
Seguia-se uma cena claustrofóbica, os dois personagens muito perto, afastados de todos os olhares, dentro de um quarto, ao lado de uma cama. Cara a cara. Como ele e Sílvia, um diante do outro, sentindo coisas, mas tendo de respeitar as convenções, Raimundo tendo de mostrar os seus escrúpulos de homem respeitador. Oto sabendo que ainda não é o momento.
Ana Rosa chora, desesperada, não tem outra saída.
Confessa o seu amor.
— *O rapaz não teve remédio — deu-lhe na boca um beijo tímido. Ela respondeu logo com dois — ardentes. Então, o moço, a despeito de toda a sua energia moral, perturbou-se — esteve a desabar — um fogo subiu-lhe à cabeça* [...].
Tiveram de se controlar. Oto também.
Raimundo faz um juramento: pedi-la em casamento ao pai, Manuel Pescada.
— *Na primeira ocasião, dou-te a minha palavra! mas não voltes aqui, hein?*
Quiseram fazer tudo certo. Oto respirou, aliviado. Ana Rosa prometeu não voltar ao quarto dele. Esperaria.

Chegaram ao fim do capítulo esgotados. E constrangidos. Não podiam esconder. Havia rolado "um clima" entre os dois. Com certeza.
Na verdade, já estava no ar. Uma atração. Gostavam de estar juntos. De conversar. Tiveram certeza disso quando se cumprimentaram. Um calor. Mas Oto ficou desesperado. Se Sílvia sentia o mesmo que ele, então não era por ele, mas por um outro corpo. Um outro homem. Oto dentro do corpo de Leo.
Ela cortou o silêncio entre os dois, enveredando por um caminho que o deixou apavorado. Disse de repente:
— Ana Rosa fez uma coisa que eu faria.
— O quê?
— Ela quis tocar em Raimundo, medi-lo com as mãos, cheirar suas coisas.
— É.
— Isso é uma coisa que uma pessoa cega precisa fazer, se quer conhecer uma pessoa de verdade... — E Sílvia completou: — Quer dizer, nem precisa estar apaixonada, entende?
Havia confusão na voz dela.
— Imagino... — Oto conseguiu dizer.
— Tem uma coisa que eu queria pedir a você.
Ele tremeu ao ouvir aquilo de novo.
— Pode pedir.
— Você me deu tua descrição, Oto.
— Foi.
— Tudo bem, eu fiz uma imagem mental tua. Mas ficou faltando... Eu queria sentir o teu rosto. Posso? Com as mãos.
Ele abriu muito os olhos e levou as duas mãos à cabeça. Dane-se. Ela não pode ver.
— Por quê? — gaguejou.
— Porque eu sou cega, Oto. É uma forma de eu te "ver". Tocando.

Ele olhou para todos os lados. Viu Leo, sozinho num canto, lendo uma revista.

— Já vi que você não quer — ela disse. — Deixa pra lá. Desculpa aí. Eu não queria invadir a tua...

— Não é isso — ele cortou, forçando um tom divertido na voz. — Pra falar a verdade... é que eu tô com o rosto todo suado, pegajoso. Tô com vergonha.

— Para com isso...

— Verdade.

— Tá. Então vai lá lavar ele — ela sorriu. — Eu espero.

— Tá legal. Já volto.

Levantou e se afastou. Desespero total. Ela ia passar a mão no seu rosto e encontrar o quê? A verdade. Desmascarar.

Olhou para a porta. Ia sair. Fugir. Correr. Não voltar mais. Leo explicaria. Contaria a verdade para ela. Ele nunca mais a veria. Só podia fazer isso.

— Leo.

Oto avançou para o amigo e o puxou pelo braço.

— Ei! Que foi, *brother*?

Oto falou bem junto do ouvido dele:

— Fica quieto. Não fala nada. Não abre a boca. Nem respira. Depois eu explico. Pelo amor de Deus. Vou te colocar na frente da Sílvia. Não faz barulho nenhum.

— Pirou?

— Cala a boca. Ela vai passar a mão na tua cara. Fica frio. Quando ela acabar, eu te empurro e você sai de fininho.

— Espera aí, mano, eu...

— Fica de boca fechada — e Oto o empurrou em direção a Sílvia.

Leo não entendeu nada, mas fez o que Oto pediu. Ficou mudo. Os dois pararam em frente da menina. Oto, atrás de Leo, colocou a cabeça quase colada à do outro e disse:

— Aí, Sílvia... pode me tocar.

E recuou, para que ela não sentisse sua respiração ofegante. Ela levantou e esticou os braços até o rosto de Leo.

A menina começou apalpando os cabelos, depois percorreu os dois lados da cabeça, com as pontas dos dedos, fazendo a curva das orelhas, encontrando o brinco de argola, chegando ao queixo. Puxou de leve o cavanhaque e sorriu.

As pernas de Oto tremiam. Se ela perguntasse alguma coisa, ele não teria como responder. Ela ia sentir que o rosto não se mexia se ele falasse com a sua voz. Leo não podia responder por ele. Ela também não podia pegar nas mãos de Leo. Já conhecia as mãos de Oto. Ia sentir a diferença. E, se chegasse muito perto, poderia sentir o cheiro, o cheiro de Leo devia ser diferente, devia cheirar a maresia, ou parafina. Os dedos dela voltaram a subir. Percorreram a testa, fizeram o contorno dos olhos, escorreram pelo nariz, passaram sobre os lábios. Ela colocou as palmas das mãos sobre as bochechas, depois abaixou os braços e disse:

— Obrigada, Oto. Agora eu sei como você é.

— Tudo bem — ele disse, depois de empurrar Leo em silêncio para longe.

Leo saiu balançando a cabeça, sem entender nada.

— Você tava com as mãos quentes — Oto inventou.

Ouviram a buzina, era Valter.

— Até segunda — ela disse, e foi embora.

Oto desabou na cadeira. Leo se aproximou de novo e perguntou:

— Cara, que que foi isso?

— Sei lá. Eu preciso tomar uma cerveja. Vem comigo.

· 9 ·

O beijo roubado

Sentado num engradado de cerveja na calçada, Leo ouviu as explicações.

— E é isso — concluiu Oto. — Pra Sílvia, eu sou você.

Leo ficou pensando. E perguntou:

— Pô, mas tu mandou essa pra quê, *brother*? Tu tá a fim dela?

— Tô. Acho que tô, né? Pra chegar a ponto de fazer uma meleca dessas.

— Tu quer ficar com a mina?

— A ideia geral é essa.

— Deixa eu ver se entendi a parada. Tu vai namorar ela com o meu corpo emprestado. Tu fica com a parte da conversa, e quando chegar a hora do "vamo vê", os amassos, aí eu entro.

— Não se faça de besta.

— Ué, *brother*. Ela agora acha que você, a tua voz e os pensamentos que você tem aí dentro da tua cabeça, tudo isso sai aqui desse corpinho sarado.

— Eu sei. Mas isso é provisório. É até eu explicar que sou negro.

— Não tô te entendendo, *brother*. Tu escondeu isso dela. Logo tu, que vive brigando pelos teus direitos, contra o preconceito e o escambau.

— Eu sei.

— Logo tu, que vive dizendo que o problema do negro é que ele mesmo não se dá o valor.

— Eu sei.

— Logo tu, meu camarada, que vive dizendo que os negros têm mais é que ter muito orgulho e parará parará...

— EU SEI! Para com isso.

— Para com o quê?

— De dizer a verdade!

— Tá. Parei.

Oto tomou cerveja em silêncio. Leo não bebia álcool, só suco de fruta.

Oto pediu de novo:

— Para com isso, Leo.

— Mas eu não tô falando mais nada.

— É, mas tá pensando. Para de pensar.

— Aí fica difícil.

— Eu fiz aquilo porque essa Sílvia... pô, tá na cara, é só olhar pra ela, pra mãe dela, pro motorista dela... É uma menina rica. A elite no Brasil é racista, todo mundo sabe disso. Se eu dissesse pra ela logo assim, de cara, que sou negro, ela ia ficar de pé atrás, ia contar pra mãe. Claro, eu ia continuar lendo pra ela, mas a coisa ia parar aí, sacou? O sujeito que lê, e pronto... E eu quero mais, companheiro. Tô ficando amarrado nela. Juro. Quero uma chance. Só isso. Que ela me conheça melhor, aos poucos. Que não tenha logo um tipo qualquer de reação inconsciente, me encaixe logo num estereótipo e me rejeite. Cara, eu tô achando essa situação incrível.

— Por quê?

— Você sabe que eu sou ligado nessa questão do preconceito. Sou muito sensível pra essas coisas.

— Tô sabendo.

— É a primeira vez na minha vida que alguém me olha com o coração puro.

— Mas ela é cega, *brother*.

— Pois é. Eu só quero ter certeza.

— Tu acha que ela não é cega? Acha que ela tá fingido? Será que o que ela tem é preguiça de ler?

— Não é nada disso. Presta atenção. Até hoje eu vi preconceito nos olhos de todo o mundo. Preconceito de todo tipo. Principalmente os velados, os fingidos, os inconscientes. Aí eu encontro uma pessoa que me olha com pureza. Aí essa pessoa é cega. Cara, eu preciso saber se essa pureza é só por isso, por ela ser cega e não me ver.

— Então por que tu não disse logo pra ela que era negro e resolvia essa parada aí?

— Quer saber a verdade? Fiquei com medo de tirar essa dúvida.

— *Brother*, esse pessoal assim, inteligente que nem você, que lê livro pra caramba, acaba com o pensamento todo enrolado.

— Mas vou fazer isso. Vou esperar o momento certo e dizer a verdade pra ela. Só quero que ela me conheça mais um pouco. Pra pelo menos pular a parte do estereótipo.

— Por mim tá beleza, meu camarada. Pode contar comigo.

— Legal, Leo. Brigadão.

— Acho até que a gente faz uma boa dupla. Vamo arrebentá! Tu entra com o papo e eu com o corpo, tá ligado? Tipo assim, tu desengoma a conversa, mostra como é que homem pode ser inteligente, e na hora do amasso me chama, aí

eu mostro como homem é gostoso. Deixa comigo. Eu dô conta do recado legal.
— Palhaço.
Dali em diante a conversa virou papo de botequim. Depois de algum tempo se despediram e foram embora. Oto acordou no dia seguinte, quinta-feira, de ressaca e sentindo-se culpado.
Ele morava no apartamento de um irmão, em Botafogo. O irmão era casado, tinha dois filhos, e Oto dormia no quarto deles, ajudando nas despesas da casa. Não tinha privacidade nenhuma ali dentro, e quando estava triste o melhor a fazer era sair e andar.
Andou durante todo o fim de semana. Ficou pensando, sentindo-se cada vez pior. Precisava voltar a ser honesto. Sílvia era cega. Seu mundo não era o das aparências. Ele havia consultado o dicionário de antônimos. O contrário de aparência era dimensão, profundidade, conteúdo. Ele tinha de falar a verdade logo, pois se ela a descobrisse sozinha ele estaria acabado. E ela ia fazer isso. Sílvia era mais sensível do que a maioria das pessoas, captava a realidade de outras maneiras, por meio de cheiros, intuição, tom de voz.
No domingo tomou uma decisão. No dia seguinte, antes de continuar a leitura de *O mulato*, ia confessar tudo. Abrir seu coração, como se diz. Se ela também gostasse dele, e ele sabia que alguma coisa estava acontecendo da parte de Sílvia, os dois iam se entender, ela o desculparia, e acabariam rindo de tudo aquilo.
Mas na segunda-feira, no salão em que prestavam os serviços sociais, Leo viu Oto chegar com a cabeça totalmente raspada, e de brinco de argola na orelha esquerda.
— Não fala nada — Oto foi logo dizendo. — Não diz nada. Não quero saber a tua opinião.

— Que que é isso, *brother*? Tá um visual radical. Ih, olha aí, o brinco é igual ao meu. Maneiro.
— Você já passou dias pensando, pra tomar uma decisão... e depois fez tudo ao contrário?
— Só quando tem mulher na parada.
— Pois é.
— Tu raspou a cara e botou esse brinco pra não precisar de mim? É isso?
— É. É.
— E tu acha que vai dar certo?
— Não.
— Nem eu, *brother*.
Oto sentou numa cadeira lá no fundo do salão e esperou Sílvia. Uns cinco minutos depois ela desceu do carrão que Valter dirigia e veio caminhando sozinha até ele.
— Oi — ela disse. — Tô atrasada?
— Não. Acabei de chegar.
— Eu já ia dizer que tava no telefone com uma amiga e "nem *vi* a hora passar".
— Fiz uma coisa esse fim de semana que tava pra fazer há muito tempo — ele disse.
— O quê?
— Raspei a cabeça. E tirei aquele cavanhaque também. Raspei legal. Ficou lisinho.
— É? — ela sorriu.
— Você gosta?
— Bom, eu só posso *imaginar* como ficou, mas gosto mais de pele do que de cabelo, então acho que tudo bem.
Oto ficou aliviado. Numa emergência, podia deixar Sílvia passar a mão na sua cabeça, no queixo, ou na orelha com o brinco. Isso o deixava mais tranquilo, embora a verdade estivesse cada vez mais distante.

— Vamos continuar a leitura?
— Vamos — ela disse. — Tô até ansiosa, querendo saber logo como termina a paixão entre o Raimundo e a Ana Rosa.
— Alguns críticos afirmam que essa é uma das razões de *O mulato* ter feito tanto sucesso.
— Qual?
— Já reparou que ele tem uma porção de ingredientes do estilo romântico também? Um amor impossível, amantes lutando pela paixão, heroína contra sociedade opressora, herói bom caráter.
— Pois é.
— Aluísio Azevedo escreveu um livro naturalista na forma, mas com um enredo romântico, e desse jeito acabou agradando aos dois lados. Só não agradou foi à sociedade de São Luís do Maranhão.
— Imagino.
— Isso você vai ouvir agora, nos dois capítulos seguintes. Prepare-se, Sílvia. Se você gosta de descrições, os capítulos sétimo e oitavo são uma maravilha.
— Tô vendo que o Aluísio mistura legal descrições com aventura e paixão.
— É. Escuta só o que um crítico, Guilhermino Cesar, fala dele aqui na introdução:
[...] *escorreito, fácil, tem contudo uma vivacidade que será talvez o seu ponto forte, em particular com respeito à crônica de costumes. O seu descritivo — veja-se a noite de São João numa quinta dos arredores de São Luís — nunca se deixa empastar* [...] *sua narrativa ora tende ao patético, ora ao humorismo, ora ao caricato* [...].
— É isso mesmo.
— E o que eu vou ler hoje é justamente sobre essa noite da festa de São João.

— Legal.
— Lembra o que eu disse sobre os métodos naturalistas... aquela história de analisar os personagens de um ponto de vista quase científico, querendo mostrar como a conduta deles é determinada pelo meio em que crescem e vivem?
— Lembro.
— Acho que é isso que tá por trás dessas descrições tão detalhistas que o Aluísio faz.
— Pode crer. Ele mostra como era a realidade, como as pessoas viviam na época, e aí a gente compreende melhor como elas chegavam a pensar o que pensavam.
— Isso. E era uma época especial. Mil oitocentos e setenta, mais ou menos. O Império tava chegando ao fim, a República tava fazendo uma campanha danada, havia o movimento abolicionista, os militares se sentindo o máximo depois da vitória lá na guerra do Paraguai, fora todas as modernidades que chegavam da Europa... Desculpa aí, Sílvia. Quando "baixa" o professor em mim...
— Que isso... Eu me amarro nas tuas explicações.
— Cara, quer saber, você é a melhor ouvinte que um sujeito pode arranjar. Eu tô curtindo muito ler pra você.
— E eu tô curtindo muito ouvir você, Oto.
Ele quase tascou um beijo na boca de Sílvia, mas achou melhor voltar a *O mulato*. Estava calmo. Já havia lido antes, e sozinho, os dois próximos capítulos, e não havia nenhuma menção ao "furor uterino" de Ana Rosa, nem arroubos de tesão entre ela e Raimundo.

Procurou ler com entonações de um ator. Havia estudado o texto. Algumas passagens eram pura poesia, como logo no começo do capítulo sete:

— *Manhãs alegres! O céu varre-se nesse dia como para uma festa, fica limpo, todo azul, sem uma nuvem; a nature-*

za prepara-se, enfeita-se; as árvores penteiam-se, os ventos gerais cantam-lhes as folhas secas e sacodem-lhes a frondosa cabeleira verdejante; asseam-se as estradas, escova-se a grama dos prados e das campinas, bate-se a água, que fica mais clara e fresca.

E seguia nesse ritmo, descrevendo os preparativos para a festa de São João, com um estilo que beirava o delírio:

— [...] *ia nascer o Sol. Houve uma grande alegria rubra em torno do ventre de ouro e púrpura, que se rasgou afinal, num turbilhão de fogo, jorrando luz pelo céu e pela terra. Um hino de gorjeios partiu dos bosques; a natureza inteira cantou, saudando o seu monarca!*

— Esse Aluísio é muito doido — Sílvia comentou.

— Acho que ele tomou umas e outras na tal festa.

O São João era comemorado na quinta de Maria Bárbara, onde ela morava antes de ir viver com o genro e a neta na vila de São Luís. Era uma festa famosa e muito concorrida, e Aluísio Azevedo aproveitou para fazer um grande painel dos costumes daquela província, falando de comidas, bebidas, música, danças, preconceitos, superstições, pessoas e natureza.

— *Daí a nada, era uma algazarra em que ninguém já se entendia. [...] A confusão tornou-se, afinal, completa; faziam-se brindes de braço entrançado; bebia-se de copos trocados; misturavam-se vinhos; soltavam-se gargalhadas estrepitosas; cruzavam-se projetis de miolo de pão; quebravam-se copos* [...].

Quando chegou a parte dos fogos de artifício Oto ficou atento. Vinha em seguida a cena do beijo. Um beijo rápido. Como ele sonhava em roubar de Sílvia, a qualquer momento:

— *Ana Rosa, com o susto, correu até ao lado oposto da varanda, onde não chegava claridade, e caiu trêmula nos braços de Raimundo, que, contra os seus hábitos de rapaz sério, ferrou-lhe dois beijos mestres.*

Sílvia sorriu, e Oto era capaz de jurar que ela havia apertado os lábios também, compartilhando aquele beijo apaixonado.

Apesar de toda a alegria da festa, o capítulo oitavo terminava mal, e o clima pesado se estendia ao nono. Havia um velório, a descrição ácida de um provincianismo que se estendia para além da morte e, por fim, um diálogo entre Maria Bárbara e o padre Diogo, em que Aluísio voltava ao preconceito e à intriga contra Raimundo:

— *E tudo isto, todo esse desgosto surdo que minava na panelinha, era atirado por Maria Bárbara à conta de Raimundo. Queixava-se dele, a todos, amargamente; dizia que, depois da chegada de semelhante criatura, a casa parecia amaldiçoada.*

No final do capítulo, Oto leu as falas de Maria Bárbara com raiva:

— *É preciso pôr esse homem para fora de cá!* [...] *Esta gente, quando não tisna, suja!* [...] *Pois então aquele não sei que diga precisa que lhe gritem aos ouvidos qual é o seu lugar?* [...] *A porta da rua é a serventia da casa!*

Sílvia notou e comentou:

— Puxa, você se empolgou.

— Não gosto de preconceito. Fico...

— Escuta, posso te pedir uma coisa?

Ela o interrompeu, justo quando ele ia começar a falar sobre o assunto que mais o tocava, e isso confirmou a impressão que ele tinha de que ela não estava nem aí para o problema dos negros. Mas nem pôde pensar muito no assunto, porque lá vinha ela com aquela pergunta que o deixava apavorado.

— Pode falar — ele disse.

— Eu tenho uma amiga... é minha melhor amiga. Ela é socióloga e historiadora, mora na Urca também, num apartamento lindo, cheio de livros.

— Legal.

— Eu falei de você pra ela. Que a gente tava lendo *O mulato*. Ela curte muito o Aluísio Azevedo. Bom, ela quis te conhecer. Olha, eu quero *muito* que vocês dois se conheçam. Não diz não pra mim, tá?

— É que eu...

— Oto, juro, eu... Sei lá, é importante pra mim juntar duas pessoas que eu gosto. Sentir as pessoas que eu gosto juntas. Você vai, não vai? Amanhã à tarde. Promete. Se você não for, eu não apareço mais.

Oto passou as mãos na cabeça. Não havia nem mais cabelos para arrancar. Tentou falar do jeito mais natural, mas saiu tropeçando nas sílabas:

— Pro... prometo.

· 10 ·
O dublê

Sílvia já estava no apartamento da amiga quando seu celular tocou.
— Alô?
— Oi, Sílvia... aqui é o Leo. Lembra de mim? Aquele das histórias em quadrinhos. Amigo do Oto.
— Lembro. E aí?
— Tô te ligando pra dar um recado dele mesmo. Do Oto.
— Não vai me dizer que ele não vem.
— Não. Ele vai sim. Tá até indo. Deve tá chegando aí.
— Legal.
— Mas tem um probleminha, *brother*.
— Qual?
— Ele tá sem voz.
— Como é?
— Sei lá. O Oto acordou completamente sem voz. Foi no médico e tudo, hoje de manhã. O médico disse que é um problema de garganta, um nome complicado à pampa...
— Tadinho. Será que é de tanto ler pra mim?
— Não é grave não, gata... quer dizer, ô Sílvia, o médico disse que se ele ficar calado hoje, o dia todo, amanhã tá tudo bem. Ele falou pra eu ligar só pra prevenir você.

— Tá bom.
— Ele tá levando um caderno e uma caneta pra conversar com vocês.
Meia hora depois a campainha tocou. A amiga de Sílvia foi atender.
Leo estava de calça comprida preta, camisa social branca, cabeça e cavanhaque raspados e entregou a ela um bilhete:
"Oi. Muito prazer. Eu sou Oto".
O Oto de verdade estava sentado num banco da faculdade, apavorado. Tinha certeza de que aquela ideia maluca seria um desastre, mas agora era tarde demais. Àquela altura Leo já estava lá, no apartamento da amiga superintelectual de Sílvia.
— Muito prazer... sou Virgínia... então você é o leitor de *O mulato*?
Leo estava sentado numa confortável poltrona na biblioteca do apartamento da Urca, e segurava um bloco pequeno e uma caneta. Escreveu "Sou" e mostrou à mulher.
Oto disse que ele deveria responder o mínimo possível. E ter sempre uma bala de mentol na boca, para não esquecer de que não podia falar de jeito nenhum.
— Sílvia disse que você também é surfista. Achei muito interessante. É raro um surfista se interessar por Letras. Em que ano você está?
"2004", escreveu Leo, estranhando a pergunta. Oto tinha dito para ele ser bem simples nas respostas.
— Não... quero saber na faculdade. Você não faz Letras?
"Terceiro periodo", escreveu Leo, assim, sem acento, mas satisfeito por ter lembrado.
Sílvia não podia ler as respostas, por isso sorria.
— Você escreve também, não é? Contos? — Virgínia continuou perguntando.
"Isso. Contos."

— Nunca tentou um romance?
"Já. Mas a gente terminou ano passado. Ela foi pra Inglaterra com os pais dela."
— Ah, você escreveu um livro junto com uma amiga?
"Não. A gente não escreveu nada não. Mas pegamo muita onda junto."
— Eu me referi a romance literário.
"A senhora já leu esses livros todos aí mesmo?", Leo mudou de assunto.
— Já... E você, Oto, tem muitos livros em casa?
"Tenho."
— E qual é o seu autor preferido?
Leo estava preparado para aquilo. Oto havia ditado algumas respostas para perguntas que tinha certeza que a amiga de Sílvia faria. Aquelas respostas já escritas estavam em folhas do meio do caderno. Leo tinha apenas de disfarçar, fingir que escrevia. Mas ele se atrapalhou e mostrou a frase errada.
"Gosto muito do Aluísio de Azevedo porque foi um revolucionário dos temas e da linguagem."
— Aluísio de Azevedo é seu autor preferido? — Virgínia se espantou.
— Eu não disse que ele era diferente? — confirmou Sílvia, orgulhosa.
— E o que mais você leu dele?
Leo lembrava de Oto ter deixado aquela resposta preparada também, mas estava ficando nervoso, e não lembrava direito qual era.
"Graciliano Ramos e Machado de Assis", foi a resposta que ele mostrou.
— Sei... são ótimos, dois clássicos, também gosto muito... mas, do Aluísio Azevedo, quais...

"*O cortiço*, *Casa de pensão*, *Livro de uma sogra*... já li quase tudo que ele escreveu"... mostrou a folha certa.

— Sílvia me disse que você era apaixonado pelo *mulato*.

Leo levou um susto, já ia dizer que não, que era "espada", depois lembrou e admitiu:

"Sou sim".

Precisava mudar de assunto de novo. Aquilo estava virando uma prova, e ele sempre se dava mal em provas. Escreveu uma pergunta, bem rápido:

"E a senhora... também escreveu livros?"

Virgínia disse que sim e pegou cinco livros na estante, grossos, de títulos complicados. Leo não tinha muita intimidade com livros. Pegou-os e olhou para eles como se fossem tijolos.

Sílvia explicou do que os trabalhos da amiga tratavam e, para alívio de Leo, as duas começaram a conversar sobre os livros e esqueceram um pouco da sua existência.

Até o resto do encontro ele teve de responder só mais seis vezes:

"Não. Pra falar a verdade eu não sei o que é isso não. Não tô sabendo de nada disso não".

"Sei lá. Dá pra eu ir no banheiro?"

"É. Eu li sobre isso sim, mas esqueci legal..."

"Não. Isso não é verídico não. Aconteceu mesmo. Eu tava lá."

"É. É a maior adrenalina."

"Lima Barreto? O zagueiro do Vasco?"

Virgínia foi falando com ele cada vez menos, até que o celular de Leo tocou. Era Oto, como o combinado.

Leo escreveu que tinha de ir, sua irmã esperava por ele na Biblioteca Nacional para ajudar numa pesquisa.

Saiu do prédio de Vírginia com a sensação de que não havia passado no vestibular.

No dia seguinte, quarta-feira, Sílvia chegou para a sessão de leitura muito séria e estranha. Parecia desconfortável. Foi logo perguntando:

— Você tá melhor?

— Tô. Tô legal — disse Oto, forçando uma leve rouquidão. — O médico tinha razão. Bastava descansar um pouco a voz.

— A gente pode deixar pra continuar a leitura outro dia.

— Não, Sílvia. Tá tudo bem mesmo.

Ela estava sem graça, e ele, desesperado.

Oto tinha quase chorado na segunda-feira à noite, e foi uma cena tão lamentável que Leo ficou com pena e concordou em raspar a cabeça e o cavanhaque, para bancar o mudo.

— Você faz isso por mim? De verdade?

— Faço, *brother*.

— O que você quer em troca? Pode pedir, cara. Pô, e vai ter de raspar esse cavanhaque lindo...

— Não ri não. Ele tava crescendo. Faz o seguinte... escreve uns *e-mails* pra mim e o favor tá pago. Beleza?

— Como é isso?

— Tô trocando mensagem com uma mina pela internet e acho que ela é meio cabeça e não quero deixar furo, sacô? Acho até que já dei umas vaciladas... mas ainda dá pra consertar.

— Tudo bem.

— Tu passa lá em casa de noite e responde os *e-mails* dela por mim? Ela também é metida com esse negócio de livro, tá ligado. Que nem essa Sílvia. As minas agora deram pra isso.

Agora ali, diante de Sílvia, Oto esperava que a qualquer momento ela o acusasse de canalha, mentiroso, estúpido, e desse um tapa merecido na cara dele.
— Ontem foi horrível — ela começou. — Um desastre.
Ele havia resolvido não inventar mais nada. Não podia continuar com aquela farsa. Ia dizer a verdade e pronto.
— Sílvia, eu queria que você soubesse que...
— Não. Deixa eu falar. Preciso te pedir desculpa.
— Desculpa?
Ele se calou. Não tivera tempo de conversar muito com Leo. Pela manhã, no intervalo de uma aula, ouviu de Leo, pelo celular, que a reunião durara pouco e que "a amiga da Sílvia era meio estranha, *brother*, pode crer... acho que a mocreia não foi muito com a minha cara não, tá ligado? O quê? A Sílvia? Ela ficou lá... disse que tinha marcado com o tal Valter pra pegar ela..."
— É, desculpa — Sílvia continuou. — Minha amiga é bem mais velha do que a gente. Não sei o que deu nela ontem.
— É.
Foi o máximo que Oto conseguiu dizer. Não sabia o que havia acontecido.
— Não. Pra falar a verdade eu sei... — ela falou, com a cabeça baixa, esfregando uma mão na outra.
Ele ia interrompê-la, para contar logo a verdade, mas ela continuou falando, sem poder ver a aflição em que ele estava:
— Minha amiga é professora universitária, escreve artigos e livros. É uma intelectual famosa. Acho que essas pessoas assim vão ficando meio neurastênicas, intolerantes, cheias de preconceito contra...
Oto não suportava aquela palavra. Ficava com raiva. Era aquilo, então. Pronto. Como ele pensava, o tempo todo. O meio em que Sílvia vivia. O velho determinismo dos natura-

listas. Ela não tinha culpa. A elite brasileira. As mansões na Urca. As "boas famílias". Gente cheia de preconceito. Tinham preconceito até diante de Leo, um branco, mas sem cultura, talvez de outra classe. O que diriam diante de um negro como ele?

Não queria mostrar seu ódio para Sílvia naquele momento. Não queria pensar em perdê-la. Encontraria um jeito de mudar a cabeça dela, tirá-la da influência do seu meio, da sua classe social, mostrar o mundo àquela menininha mimada. Resolveu adiar um pouco a verdade e a cortou:

— Sílvia, deixa isso tudo pra lá, tá legal? Vou continuar a ler e pronto. Vamos esquecer as outras pessoas, e continuar só nós três.

— Três?

— Eu, você e o Aluísio Azevedo.

· 11 ·
O fantasma

Ela riu e ele continuou a ler *O mulato*, capítulo dez:

— *No dia combinado, às seis horas da manhã, acharam-se Manuel e Raimundo a bordo do vaporzinho Pindaré, pertencente à então nova Companhia Maranhense de Navegação Costeira.*

Raimundo começaria o que Oto gostaria de estar fazendo naquele momento: uma longa viagem, para bem longe.

Àquela altura o mulato enfrentava o preconceito racial da elite de uma cidade inteira. Como Oto já havia lido em capítulos anteriores:

— [...] *sempre e por toda a parte, o recebiam constrangido. Não lhe chegava às mãos um só convite para baile ou para simples sarau; cortavam muita vez a conversação, quando ele se aproximava; tinham escrúpulo em falar na sua presença de assuntos aliás inocentes e comuns; enfim, isolavam-no, e o infeliz, convencido de que era gratuitamente antipatizado por toda a província, sepultou-se no seu quarto.*

Para piorar, Raimundo começou a escrever para os pequenos jornais da província:

— [...] *alguns folhetins; não agradaram e falavam muito a sério; passou então a dar contos, em prosa e verso; eram observações do real, trabalhadas com estilo, pintaram espirituosamente os costumes e os tipos ridículos do Maranhão [...] Houve um alvoroço! Gritaram que Raimundo atacava a moralidade pública e satirizava as pessoas mais respeitáveis da província [...] chamaram-lhe por toda a parte "besta! cabra atrevido!" [...] apareceram descomposturas [...] escreveram-se obscenidades pelas paredes, a giz...*

Somada a toda essa situação, havia ainda o mistério de sua origem, que todos pareciam saber mas ninguém revelava a ele: quem era sua mãe?

Aquela viagem, que começava no capítulo dez, era para isso: ir à fazenda de escravos onde nascera, na Vila do Rosário. Ia para vendê-la, era sua, herança de seu pai, mas o interesse maior era voltar às origens, descobrir o seu passado.

A fazenda de seu pai chamava-se São Brás. À medida que o capítulo avançava, Aluísio Azevedo construía um verdadeiro conto de terror e Oto notava, aliviado, que Sílvia se deixava arrastar pelo texto, magnetizada, totalmente envolvida.

Raimundo e Manuel vão colhendo informações pelo caminho. São Brás é amaldiçoada. Há uma história de assassinato. Há um fantasma assombrando São Brás. Há uma cruz espetada no meio da estrada que corta a floresta. Um homem "[...] *varado por um tiro, que nunca ninguém soube de donde veio*".

Raimundo caminha em direção ao seu passado, espremendo a realidade, colhendo algumas gotas de verdade. Manuel sabe tudo, mas não conta, nem Raimundo lhe pergunta: — Quem é sua mãe? O mistério de sua origem é tão horrível que se transformara num tabu. Ambos tinham medo: um de revelar, outro de perguntar.

Nessa jornada os dois homens vão se conhecendo. E se estranhando. Raimundo pede a mão de Ana Rosa. Manuel a recusa. Raimundo pede explicações, motivos. Manuel não é capaz de dizer. Faz parte do mistério, da origem terrível que ronda o nascimento de Raimundo.

Chegam à cruz no meio da estrada.

Ela marca o lugar do assassinato, do qual nunca se achou um culpado. A vítima: o pai de Raimundo.

— *Raimundo sentia-se comovido. Manuel, de joelhos, cabeça baixa e chapéu pendurado das mãos postas, rezava convictamente. Ao terminar surpreendeu-se por saber que Raimundo não tencionava fazer o mesmo.*

Seguiu-se uma discussão entre os dois.

— *Uma cerrada conversa travou-se entre eles a respeito de crenças religiosas; Raimundo mostrava-se indulgente com o companheiro, mas aborrecia-se, intimamente revoltado por ter de aturá-lo. Da religião passaram a tratar de outras coisas, a que o moço ia respondendo por comprazer; afinal veio à baila a escravatura e Manuel tentou defendê-la; o outro perdeu a paciência, exaltou-se e apostrofou contra ela e contra os que a exerciam, com palavras tão duras e tão sinceras, que o negociante se calou meio enfiado.*

Oto leu esse trecho com veemência demais, e teve medo de se trair. Continuou num tom de voz mais baixo e suave. Sílvia não dizia uma palavra. Havia um entendimento mudo entre os dois: a narrativa não podia ser interrompida.

No primeiro parágrafo do capítulo onze, alcançam uma fazenda vizinha à São Brás. É a fazenda Barroso, também do pai de Raimundo, arrendada por um tal de Cancela, que prosperara e agora compraria todas as terras. Lá pararam para pernoitar e tratar do negócio.

— *Quando chegaram ao portão da fazenda, já a Lua resplandecia, desenhando ao longo da eira a sombra espichada de enormes macajubeiras sussurrantes. Fazia um tempo magnífico, seco, fresco, transparente; podia ler-se ao luar.*

E essa era a borda do precipício de terror onde Aluísio Azevedo empurraria Oto e Sílvia, um século depois de ter escrito aquele capítulo. Sílvia apertava as mãos sobre o colo, os dedos já pálidos, e respirava com dificuldade. A emoção da leitura em voz alta deixava os olhos de Oto úmidos, e fazia suas mãos tremerem, mas ele não ligava, não procurava esconder, ela não podia ver.

O fantasma de São Brás aparece para Raimundo no meio da noite:

— [...] *a fadiga da viagem pedia repouso; já era quase de madrugada. Ia adormecer. [...] Mas um leve e surdo ruído despertara-o. Raimundo encolheu-se na rede e insensivelmente se lembrou do revólver que tinha a seu lado; na porta desenhava-se, contra a claridade exterior, a mais esquálida, andrajosa e esquelética figura de mulher que é possível imaginar. Era uma preta alta, cadavérica, tragicamente feia, com movimentos demorados e sinistros, os olhos cavos, os dentes escarnados.*

Raimundo o persegue, corre atrás dele, perde-o de vista no mato, mas não se intimida. No dia seguinte quer visitar as ruínas da casa onde nasceu, na fazenda São Brás. Ninguém quer levá-lo até o lugar amaldiçoado de sua infância. O guia se recusa. Manuel quer voltar para São Luís. Raimundo o pressiona. O português concorda, mas confessa seu temor, as razões da decadência da fazenda:

— *Viajante nenhum aceitava o pouso em São Brás; preferiam dormir ao relento e às cobras! Contavam que alta noite ouviam-se constantemente gritos horríveis na fazenda, pancadas por espaço de muitas horas, correntes arrastadas* [...].

Por trás de tudo havia um adultério, um crime passional e um assassinato, uma emboscada. E Manuel diz mais, repete as palavras de seu irmão, pai de Raimundo, enquanto se recuperava em sua casa de seus delírios de febre:

— *Quero matar o padre! Tragam-me o padre! O padre é que é o culpado de tudo!*

O padre era o cônego Diogo! O mesmo Diogo que agora, em São Luís, liderava a intriga contra Raimundo.

E afinal chegam à casa.

— *Mais alguns passos e estavam defronte da tapera.* [...] *Eram os restos de uma casa térrea, sem reboque e cujo madeiramento de lei resistira ao seu completo abandono.* [...] *Ia anoitecer. O sol naufragava, soçobrando num oceano de fogo e sangue* [...].

Entram na casa arruinada.

— *Lá dentro a tapera tinha um duro aspecto nauseabundo. Longas teias de aranha pendiam tristemente em todas as direções* [...] *a água da chuva, tingida de terra vermelha, deixara, pelas paredes, compridas lágrimas sangrentas* [...]. *Manuel, um tanto comovido, contemplava demoradamente as ruínas que o cercavam, procurando descobrir naqueles restos mudos e emporcalhados a antiga residência de seu irmão.*

— *Raimundo olhava para tudo com uma grande tristeza, infinita, sem bordas* [...] *"Como seria seu pai?"... pensava ele, sem uma palavra, como seria esse bom homem, que nunca se descuidara da educação do pobre Raimundo?"...*

Oto sentia a voz embargada demais. Tossiu, para disfarçar, e olhou para Sílvia com um sorriso afetado, tentando uma expressão no rosto que significasse "estou acostumado com emoções fortes, gata, veja como eu sou superior a esses sentimentalismos". Mas ela não podia ver.

Sílvia, na verdade, estava chorando.

Ficou perturbado. Um pouco surpreso pelo fato de que olhos que não viam pudessem chorar. Perguntou a ela:

— Você tá legal? Quer que eu pare?

— Não, Oto. Continue. Não pare. Por favor.

— Esse pedaço tá forte demais, não é?

— Desculpa. Morte de pai... é uma coisa que mexe muito comigo. Mas continua, vai.

Oto queria saber mais, conhecê-la, conversar sobre a vida, sobre o passado. Estava apaixonado de verdade. Queria colocar Sílvia no colo, enxugar suas lágrimas. Continuou a ler, e o que vinha a seguir era o fundo do precipício se aproximando:

— *Raimundo tinha plena certeza de que aquele homem, que ali estava em sua presença, ao alcance de suas palavras, sabia de tudo e poderia, se quisesse, arrancá-lo para sempre daquela maldita incerteza!... "Quem seria ela?... essa estranha mãe misteriosa, por quem ele sentia um amor desnorteado?"...*

Saem das ruínas da casa. Vão ao cemitério, onde o pai de Raimundo está enterrado. Ali, a sepultura da mulher de seu pai está vazia. Os parentes "haviam retirado dali os ossos para alguma igreja da capital". Aquela não era sua mãe. Ele sabia. Era um bastardo.

Sílvia chorava. Um choro cego, o rosto imóvel, as lágrimas escorrendo por trás dos óculos escuros.

Tio e sobrinho vão até uma capela, nos fundos do cemitério. E então...

— *Raimundo, ao chegar à sacristia, estacou e estremeceu todo: o vulto esquelético e andrajoso, que lhe aparecera à noite, como um fantasma, ali estava, naquela meia escuridão, a dançar uns requebros estranhos, com os braços magros levantados sobre a cabeça [...] a múmia se aproximava dele, a dar saltos, estalando os dedos ossudos e compridos. Viam-se-lhe os dentes brancos e descarnados, os olhos a estorcerem-se-lhe convulsivamente nas órbitas profundas, e a caveira a desenhar-se em ângulos através das carnes.*

Raimundo vai usar o chicote, para afastá-la. Não sabe quem é ela, o que quer, por que quer tocá-lo, como se o reconhecesse. O tio o impede, gritando:

— *Esta pobre negra [...] foi escrava de seu pai. Vamos!*

O capítulo chegou ao fim.

— Acho que por hoje chega, né? — disse Oto.

Sílvia enxugou o rosto com as costas da mão direita. Não tirou os óculos escuros.

— É. Eu tô aqui fazendo papel de idiota.

— Que isso... é que o Aluísio pegou pesado mesmo. Você quer alguma coisa?

— Quero sim. Um chope.

· 12 ·
As cores

Para sair do *campus* da universidade tiveram de caminhar por uma aleia de amendoeiras. Sílvia ia segurando o braço esquerdo de Oto, sem usar a bengala dobrável. Iam devagar, conversando sobre o livro, até que Sílvia cortou o assunto e disse que se ele não se importasse podiam ir de mãos dadas.

— É assim que eu ando com os amigos — ela explicou.

— Por mim tá ótimo — disse Oto, reprimindo o entusiasmo.

— Bom, a não ser que você tenha uma namorada muito ciumenta.

— Eu não tenho namorada — ele disse. — Mas o *seu* namorado é que pode não gostar.

— Eu *também* não tenho namorado.

Oto ficou contente por aquele assunto ter sido esclarecido assim, de um modo tão natural, e acabou apertando a mão de Sílvia de um jeito mais firme. Ela correspondeu àquele aperto.

Ele olhou para as árvores, escutou os passarinhos, e perguntou:

— O que você vê?

— Tudo preto. Nunca vi nada. Nem formas nem cores. Não tenho nem lembranças dessas coisas.

— Tudo preto?

— Dizem que é a ausência de cores... não pra mim. Pra mim é a única cor. A única maneira que eu tenho de entender o que é cor.

— A realidade então é o que contam pra você...

— Não, Oto. Eu posso ouvir, sentir, cheirar. Os olhos são lentes. É o cérebro que define as imagens. É por isso que a gente diz que "vê" nos sonhos, mesmo estando de olhos fechados.

— Você sonha...

— Sonhos de cega. Sonhos muito loucos, com altas trilhas sonoras.

— Você tá "sentindo" esse caminho?

— Tô imaginando ele, Oto. Os passarinhos, o cheiro das folhas, dos frutos, do xixi dos gatos, daquele resto de sanduíche ali que deve estar dentro de uma lixeira onde o vento tá balançando um pedaço de papel-alumínio, os gases daquele motor de carro tentando estacionar lá na frente... Eu construo meu mundo imaginando ele, prestando atenção em todos os detalhes. A imagem pode ser um ruído. Quando escuto você virando a página do livro, eu "vejo" a cena. Por isso, às vezes, fico calada. Preciso de silêncio.

— Eu gosto muito do teu silêncio.

Ele achou que tinha se precipitado, dito aquilo de um jeito muito doce. Ficaram calados, andando devagar entre as árvores naquele final de tarde.

— O dia tá terminando... — ela comentou.

— É. Tá escutando os passarinhos?

— Não uso relógio, mas sei qual é a parte do dia... Não é só pelos passarinhos não, pelos sons... Os cheiros mudam também. E as pessoas ficam diferentes à noite, por exemplo.

— Será que eu vou ficar diferente daqui a pouco? — ele brincou.

— Você já tá diferente, Oto.
— É? Diferente como?
— Eu posso sentir uma porção de coisas só apertando a tua mão.

O coração de Oto disparou. Alguma coisa tinha ficado clara entre eles ali, naquele instante, naquelas mãos dadas. Fizeram silêncio novamente. Ele deu alguns passos de olhos fechados, tentando sentir o mundo como ela.

Quando atravessaram o portão da universidade tiveram de parar na calçada, esperando o sinal abrir. Oto, nas nuvens, não estava guiando uma cega, mas segurando a mão de uma quase namorada. Uma moto com dois sujeitos passou perto deles, devagar. Sílvia usava uma camiseta sem mangas e um *jeans* apertado. O que estava na garupa gritou:

— Se deu bem, NEGÃO!

Oto teve de pensar rápido. Engoliu o ódio e gritou de volta:

— Fala aí, negão! Beleza? — como se o cretino fosse seu amigo.

E ainda tentando dar um tom divertido à voz, disse para Sílvia, enquanto atravessavam a rua:

— Desculpa a grosseria do meu amigo, tá? Mas é que você é linda mesmo.

— Você acha?

— A gente se trata por negão, sabe como é... coisa de surfista...

Achou que havia falado demais. Por que explicar? Ela não perguntara nada.

O ódio que sentia não ia passar tão cedo, ainda mais tendo sido engolido. O preconceito feria Oto muito fundo. Deu-se conta de que Sílvia podia largar sua mão se soubesse a verdade. O que ela faria se soubesse que ele era negro? Para ela aquele corpo ao seu lado era o corpo de Leo.

— Tá longe?
— O quê?
— O bar, Oto.
— Não. Logo ali.

Ele não a levou para o botequim onde costumava tomar cerveja. Não queria que algum conhecido voltasse a tratá-lo por "negão" ou fizesse alguma outra estupidez desse tipo. Foram a um restaurante mais afastado e sentaram em volta de uma mesa na varanda, diante de uma pequena praça, onde ele viu a noite chegar.

Durante o primeiro chope, constrangidos pela intimidade crescente, prevendo aonde ela os iria levar, voltaram a conversar sobre o livro. Acabaram fazendo um resumo retrospectivo da história toda... Um mulato, ainda por cima bastardo, mas culto, formado em Direito na Europa, e rico por herdar as propriedades do pai, tem de ser aceito numa sociedade preconceituosa de uma pequena província no interior do Brasil. O mulato se apaixona pela prima branca, e o amor dos dois fará explodir o racismo e a violência...

Oto tornou a explicar um pouco o momento histórico em que o livro havia sido escrito, detendo-se principalmente no avanço da propaganda republicana e na campanha abolicionista, coisas que interessavam muito a ele. De repente Sílvia o interrompeu e pediu:

— Cara, você não quer ler um pouco não?
— Aqui?
— É. O livro tá aí na tua mochila, não tá? Poxa, eu tô morrendo de curiosidade pra saber quem é a mãe do Raimundo. Quer dizer, eu já imagino... mas queria ter certeza.
— Mas não tá muito barulhento aqui?
— A gente senta mais junto.

Ela mesma tomou a iniciativa de aproximar as cadeiras. Ficaram grudados, os braços se encostando, o rosto dele a uns dois palmos do dela. Oto começou a ler o capítulo doze, com a impressão de que a qualquer momento perderia o controle e a beijaria na boca. Sentia como se tivesse entrado com ela em uma bolha transparente e deixado toda a realidade do lado de fora. Era só ler algumas páginas, e então parar e beijá-la. Tinha certeza de que ela também queria isso.

Então percebeu, apavorado, que Sílvia estaria beijando o Leo, que ela não reconheceria a boca que havia sentido com os dedos, ele não podia...

— E aí?

— Tô me concentrando — ele mentiu, e começou a ler.

Era talvez o capítulo mais importante e dramático do livro, e Oto gostou da ideia de lê-lo tão próximo de Sílvia.

Raimundo e Manuel voltavam da sede em ruínas da fazenda São Brás. Raimundo ia esmagado por duas angústias profundas: o mistério de seu nascimento e a recusa de Manuel em dar-lhe a mão de Ana Rosa. De alguma maneira, ele sabia, ambas tinham o mesmo motivo. E, sem poder mais prosseguir com aquela dúvida, parou novamente ao passar pela cruz na beira do caminho, a cruz que marcava o local do assassinato de seu pai, mais uma vez enchendo o tio de perguntas:

— *Ela será, porventura, minha irmã? [...] Terá sua filha alguma secreta enfermidade, que levasse o médico a proibir-lhe o casamento? Terá algum defeito orgânico? [...] Estou disposto a aceitar tudo, tudo! menos o mistério, que esse tem sido o tormento da minha vida! Vamos, fale! suplico-lhe por... aquele que caiu assassinado!* — *E apontou na direção da cruz.* — *Era seu irmão e dizem que meu pai... Pois bem, peço-lhe por ele que me fale com franqueza! Se sabe alguma coisa dos meus antepassados e do meu nascimento, conte-me tudo!*

Manuel não tem como fugir à verdade. E afinal confessa:

— *O senhor é um homem de cor!... Infelizmente [...] A família de minha mulher sempre foi muito escrupulosa a esse respeito, e como ela é toda a sociedade do Maranhão! [...] Nunca me perdoariam um tal casamento; [...] Sim, pesa-me dizê-lo e não o faria se a isso não fosse constrangido, mas o senhor é filho de uma escrava e nasceu também cativo.*

A revelação choca Raimundo. É a dor do preconceito, que Oto conhece na pele. Ele olha para Sílvia, mas não vê nela a revolta que esperava.

— *Raimundo abaixou a cabeça. Continuaram a viagem [...] ia Manuel narrando a vida do irmão com a preta Domingas.*

— Domingas! — cortou Sílvia. — A mãe dele... acho que já sei quem é!

Oto continuou, lendo o desespero de Raimundo:

— *Mas que fim levou minha mãe?... a minha verdadeira mãe? [...] Mataram-na? Venderam-na? O que fizeram dela?*

E Manuel afinal revelou:

— *É aquela pobre idiota de São Brás.*

Era aquela negra cadavérica, a aparição fantasmagórica que assombrara Raimundo. Aquela que ele ameaçara chicotear.

— Eu sabia! Eu sabia! — Sílvia bateu palmas.

Oto achou que ela havia se ligado mais na trama novelesca do que no problema principal, o racismo. Ele, ao contrário, fazia um grande esforço para esconder sua revolta, não revelá-la por um tom de voz mais exaltado. Não estava conseguindo.

A mistura do chope com o tema da leitura, e também o ódio, engolido há pouco, com a cretinice do sujeito da motocicleta, tudo colaborou para que ele encarnasse Raimundo.

Viu-se discriminado. Viu-se nascido e criado numa sociedade hipócrita, que vendia ao mundo uma imagem falsa de democracia racial. Viu-se impedido de namorar Sílvia porque era negro, viu o pai de Sílvia, um rico representante da elite brasileira, recusando-se a deixá-lo entrar pela porta da frente em sua mansão da Urca. E a raiva e a tristeza de Raimundo também eram as suas:

— *Raimundo, pela primeira vez, sentiu-se infeliz; uma nascente má vontade contra os outros homens formava-se na sua alma* [...]. *E, querendo reagir, uma revolução operava-se dentro dele; ideias turvas, enlodadas de ódio e de vagos desejos de vingança, iam e vinham, atirando-se raivosas* [...].

Mulato. Negro. Só estas palavras explicavam tudo.

Terminou de ler o capítulo, o relato da dor de Raimundo, e fechou o livro.

— Pronto, Sílvia. Vamos dar um tempo.
— Tá.
— Faltam menos de cem páginas.
— Você leu diferente, Oto.
— É? Diferente como?
— Com uma força... acho que era raiva.
— Raiva? Por quê?
— Sei lá. Você que deve saber.

Ele estava farto daquela situação. É claro que não podia esconder a verdade por muito mais tempo. Tudo o estava traindo, a começar por sua própria voz.

— E não é pra ficar revoltado não... com o racismo?
— É. Claro que é.

Ele achou que ela havia dito aquilo só para concordar, da boca para fora, sem sentir muito, e isso o irritou:

— Principalmente o racismo do tipo "brasileiro" — ele não ia conseguir parar de falar naquilo. — "Cordial". "Complacente". Enquanto isso a violência explode nas favelas, os negros são barrados nas portarias dos prédios. Mas quando se fala em racismo tem sempre alguém que diz: "Ah, espera aí, no Brasil é diferente, aqui não tem essa coisa agressiva dos outros países não"... Mas basta a filha chegar com um namorado negro que a casa cai.

— É sim.

Oto queria que Sílvia se empolgasse com o assunto, mas ela parecia um pouco alheia.

— Isso tem uma explicação histórica, Sílvia... isso de dizer que aqui não existe racismo, que somos uma sociedade igualitária e tolerante.

— Histórica...?

— No século XIX, em que o Aluísio viveu e escreveu seus livros, a revolução industrial começou a mudar a economia e o sistema político. Os impérios começaram a virar repúblicas e os escravos, consumidores. Daí as campanhas republicanas e abolicionistas, sacou? Os escravos estavam sendo libertados no mundo todo. A escravidão já não interessava à economia.

— Escravo não consome.

— É. E também são perigosos. Estouraram revoltas por todo lado. Havia lugares, como aqui no Brasil, em que havia mais negros escravos do que senhores brancos. Se eles se organizassem, podiam arrasar com os brancos. Então a elite daqui decidiu que era melhor substituir a mão de obra escrava pela dos imigrantes europeus.

— Meus bisavós, por parte de mãe, eram portugueses.

— Eles queriam "branquear" o povo. Diziam que o motivo do atraso do Brasil era a quantidade de negros, e que aqui, na verdade, nem tinha "povo". Aí chamaram os imigrantes. Em vez de libertar os escravos e dar terras e incentivos a eles, libertaram e abandonaram, e aí chamaram os europeus. Para

estes, sim, deram terras e incentivos. Quase ninguém se lembrou de que aqui já havia um povo. Nem os abolicionistas.
— Quer dizer que nem os abolicionistas...?
— Começa com a Igreja católica dizendo que os negros não tinham alma. Depois veio a Ciência dizendo que tinham sim, mas era uma alma que habitava um corpo biologicamente inferior. Muitos abolicionistas pensavam assim.
— É fogo.
— E, no final, quando se pensa em libertação dos escravos, quem levou a fama? A tal princesa Isabel. Pô, quando ela assinou a Lei Áurea, os negros já tavam quase todos libertos, não tinha nem 5% no cativeiro.
— Pode crer.

Oto sentia uma ponta de desinteresse nas reações de Sílvia. Eles já não estavam tão juntos como antes. Os braços já não se tocavam. O clima de intimidade se desfazia. Mas ele não conseguia parar:

— Antes de preparar o terreno pra chegada dos imigrantes, e pra evitar as revoltas, as elites do Brasil começaram a empurrar o problema com a barriga, liberando os escravos "gradativamente"... Por isso aquela porção de leis antes da Lei Áurea, em 1888.
— Isso, essas leis todas... eu aprendi na escola. Sempre achei esquisito.
— Tá nos jornais da época, pra quem quiser ver... Desculpe...
— Para...
— Houve uma campanha pra convencer os brasileiros de que o nosso racismo não era violento igual aos outros. Que os próprios negros gostavam da escravidão e que não queriam ser libertados assim, de repente. Que os negros aqui eram

pacíficos, submissos por natureza. Cara, eu ficou puto só de pensar nisso!

Pronto. Oto explodira. Ela agora ia perguntar por que ele se exaltava tanto com aquilo e ele confessaria: "É PORQUE SOU NEGRO!"

Mas Sílvia perguntou outra coisa:

— Sabe o que minha bisavó contava? A portuguesa de que te falei?

— O quê?

— Imagina a situação. Tiraram ela de uma aldeia isolada no norte de Portugal e a enfiaram num navio direto pra cá... isso em 1890 e pouco... Quando ela desceu aqui no porto do Rio de Janeiro e viu um negro, ficou tão apavorada que correu gritando de volta pro navio.

Oto ficou calado. Alerta. Sílvia disse aquilo sorrindo... Por quê? Era alguma brincadeira preconceituosa? Ela ia brincar com aquele assunto? Era o que ele mais detestava. Sílvia continuou:

— O problema, Oto, é que minha bisavó, além de nunca ter visto um negro antes, também não sabia que eles existiam. Entende? Ela não conhecia Lisboa, ou a cidade do Porto. Na aldeia dela nunca havia entrado um negro. Nem no navio que a trouxe pra cá. Ninguém lembrou de dizer a ela que podia existir um ser humano de outra cor.

Oto não sabia como avaliar o que Sílvia queria dizer com aquilo. Ela completou:

— Sei lá. Todas as vezes que escuto falar sobre preconceito de cor imagino essa cena... minha bisavó... um ser humano vendo outro ser humano, de outra cor, pela primeira vez.

Oto, desconcertado, não sabia o que dizer. Ficaram calados. Foi ela quem fez o assunto voltar:

— Então você não concorda que a sociedade daqui seja mais democrática com essa história de racismo do que as outras?

— Democrática? É democrática enquanto o negro "ficar no seu lugar", fizer as coisas que se espera que um negro faça: jogar futebol, tocar samba, lutar capoeira. Você já viu as figuras do imaginário do povo a respeito dos negros? Até hoje elas aparecem por aí, nas novelas: "o escravo doce e servil, a mulata assanhada, a ama de leite dedicada, o moleque brincalhão, o preto velho que conta histórias, a rezadeira, a empregada que transa com o filho do patrão"... Cara, já parou pra pensar que esses tipos de negros só existiram aqui, e por causa da escravidão? Não tinha negro desse tipo na África!

— É mesmo.

— O pior é que os próprios negros aqui caem nessa conversa. Você pergunta numa associação de moradores de favela e, na maioria das vezes, eles querem o quê? Quadra de esportes. Quadra pra escola de samba. O negro brasileiro tem é que entrar na elite intelectual do país e começar a tomar decisões, e isso só estudando. É isso que eu...

Engasgou. Ia falar dele mesmo, de sua luta, de seu passado de menino de morro, recusando as saídas fáceis, sabendo que a única solução era o estudo, o conhecimento. Ia falar dele mesmo, como negro! Ficou confuso. Sua sorte foi que o telefone celular de Sílvia tocou.

Ela atendeu. Era o Valter. Oto ouviu e ficou apavorado.

— Oi... é, pode vir me pegar sim. Mas eu não tô dentro da faculdade não... É, vim tomar um chope aqui num bar em frente... É, um com varanda, do outro lado da rua. Tá legal, tô te esperando...

Oto tinha de pensar rápido. Muito rápido. Antes que o Valter chegasse.

— Sílvia, eu... não sei como... — engasgou, a voz sumiu.

— O que foi, Oto? Ih, será que tua garganta piorou? Você leu demais hoje, e depois esse chope gelado.

Ele teve a ideia na hora:

— É. Deve ser isso... — falou, com um fio de voz. — Acho melhor eu parar de falar. Poupar a garganta.

— Claro. É sim.

— Vou até o banheiro. Volto logo, e a gente espera o Valter te buscar.

— Tá. Vai lá.

Oto levantou da cadeira, deu uns seis passos calmamente, depois saiu correndo como um louco pela calçada.

Não esperou o sinal abrir. Atravessou entre os carros, entrou na universidade correndo, alucinado, cortou a aleia de amendoeiras voando e chegou ao salão onde prestavam serviços à comunidade, bufando. Teve sorte. Leo ainda estava lá. Pegou o amigo pelo braço, sem tempo para explicações. Arrastou-o pelo mesmo caminho, sempre correndo, só repetindo "Vem! Vem! Cala a boca!".

Àquela altura Leo fazia tudo o que o amigo mandava.

Oto descobrira que a menina que se correspondia com o surfista pela internet estudava justamente Letras, e agora Leo dependia dele para continuar trocando *e-mails* com ela. Leo estava em suas mãos.

A uns cem metros do restaurante pararam, para que pudessem voltar a respirar normalmente, e Oto explicou:

— Presta atenção, Leo. Senta do lado dela e fica calado! Não abre a boca! Faz só hum-hum, hum-hum!

— Mas "hum-hum" querendo dizer sim ou "hum-hum" querendo dizer não?

Era uma boa pergunta. Oto não havia pensado nisso.

— Vou ficar na mesa do lado, ouvindo o papo. Se eu balançar a cabeça pra cima e pra baixo é hum-hum-sim; se balançar pros lados, é hum-hum-não.
— Moleza, *brother*.
— O cara vai passar pra pegar ela. Tu não faz nada. Não dá a mão pra ela! Nem levanta! Ela gosta de se virar sozinha. Vai! Vai! NÃO DÁ A MÃO PRA ELA!
Entraram juntos na varanda do restaurante. Leo sentou ao lado de Sílvia, e Oto ocupou a mesa ao lado.
— Não fala nada, Oto — ela disse para Leo. — A gente fica em silêncio. É até gostoso.
Leo olhou para Oto e fez um hum-hum-sim.
— Tô ficando preocupada. Será que não é melhor a gente interromper a leitura? Deve estar prejudicando muito a tua garganta.
Oto sacudiu a cabeça com força e Leo disse um hum-hum-não.
Ela falou que ia ficar em silêncio, mas não calava a boca:
— Ih, já ia esquecendo. Toma uma grana aqui pros chopes. Isso aqui é uma nota de dez, não é?
Leo disse um hum-hum-sim. O garçom olhava de longe, sem entender nada.
Aí Sílvia disse uma coisa que deixou Oto muito assustado:
— Sabe... achei muito legal a gente ter tomado um chope juntos... vamos fazer isso mais vezes?
Leo olhou para a cara dele, com uma expressão safada. Oto fechou os punhos e mordeu os lábios, mas teve de balançar a cabeça para cima e para baixo, e ouvir um hum-hum-sim do amigo, cheio de veneno.
— De repente um passeio... andar um pouco ali pela praia Vermelha... eu gosto de sentir o mar, você sabe. Tá a fim de sair comigo, Oto?

Oto se consumia de ciúme e raiva, mas tinha de sacudir a cabeça, e Leo fez hum-hum-sim muito empolgado, e riu.

Valter encostou o carro e buzinou.

Sílvia disse que não precisava de ajuda e levantou. Valter a pegou na saída do restaurante. Entraram no carro e foram embora. Oto passou para a mesa de Leo.

— *Brother*, tu leva uma vida difícil.

— Cala a boca!

— Hum-hum.

— Para com isso!

• 13 •

Preconceito

Havia um sentimento corroendo Oto, e ele sabia muito bem qual era: estava sendo o protagonista da farsa que ele mais condenava. Se havia algo que o fazia levantar da cama todos os dias era a vontade de lutar contra o preconceito racial, e a bandeira dessa revolta era justamente a afirmação da cor de sua pele.

Ele queria mostrar o orgulho de ser negro, não ocupando os espaços que davam aos negros, aos "corpos" dos negros, nos esportes, na música, mas invadindo os "redutos" brancos: o mundo da inteligência, do conhecimento, do poder do intelecto. Fingir ser louro, ter olhos azuis não era muito coerente com esses ideais. Não era mesmo.

Mas Oto se enredara em sua própria mentira e não sabia como sair. Travava acirradas discussões consigo mesmo, e ao final delas sempre encontrava os motivos necessários para adiar um pouco a verdade. O último deles havia sido a reação de Sílvia quanto à questão da escravidão no Brasil.

Oto tinha introduzido o tema na conversa no bar, havia sido enfático, até se exaltado, mas ela tinha se mostrado meio indiferente, como se não fosse necessário tratar aquilo tão seriamente, insensível a um dos assuntos mais caros a ele. Isso provava a Oto que Sílvia era uma típica representante da elite endinheirada do Brasil, com aquele tipo de racismo velado, brincalhão, cordial. Aquele racismo que não se admite, mas que faz desencostar o corpo quando um negro senta a seu lado no ônibus.

Quando precisava ser indulgente consigo mesmo, e se permitir continuar mentindo, Oto fazia uma lista das provas que tinha a respeito do racismo de Sílvia: moradora de uma mansão na Urca; mãe rica e com cara de besta; menina mimada e superprotegida; amiga intelectual e cheia de preconceitos; um motorista particular mulato.

É claro que, como estava apaixonado por ela, esses não chegavam a ser "defeitos", e sim, como diria um naturalista como Aluísio Azevedo, determinismos gerados pela influência do meio em que ela vivia. Ele, o príncipe encantado, a salvaria, mostraria o mundo real a ela, a verdade.

— Pode ser, *brother*, mas pra quem tá a fim de mostrar a verdade, tu tá mentindo bastante, não é não?

Ele havia continuado na mesa do bar com Leo, depois de Sílvia ir embora, e resolveu desabafar.

A simplicidade mental de Leo muitas vezes se aproximava da sabedoria, e isso deixava Oto irritado, porque tinha de concordar. E então, para provar que o amigo estava errado, e que aquela mentira fazia parte de uma estratégia, repetiu a ele toda a sua teoria sobre o racismo ambíguo de Sílvia, e deu o exemplo da reação dela diante do problema terrível da escravidão.

Leo ouviu calado, bebendo seu suco de acerola com laranja, e só no final, depois de pensar sobre tudo aquilo, comentou:

— Pô, maninho, e ainda chamam a coisa de escravidão. Devia ser escravidinha, não é não?

Depois disso o assunto desandou.

No dia seguinte, quinta-feira, depois das aulas na faculdade, Oto ocupou seu lugar no fundo do salão onde prestavam serviços sociais e esperou Sílvia.

Assim que a viu descer do carro dirigido por Valter, Oto admitiu, concordando com Aluísio Azevedo, existir forças dentro dele que não podia controlar. A simples visão de Sílvia guiando-se por entre as mesas e as cadeiras, com aquele sorriso lindo nos lábios vindo na direção dele, sem vê-lo, um sorriso que era como um milagre de luz saindo de um precipício escuro... bastava apenas aquela imagem para despertar nele uma confusão mental que o jogava entre o paraíso e o inferno, sem meio-termo.

— Oi — ela disse. — Como é que tá a sua voz? Se você não puder ler...

— Oi, Sílvia — ele tossiu um pouco. — Não. Tá tudo ótimo. É só questão de descansar mesmo, ficar calado algumas horas.

— Imagina se você fica mudo por minha causa. Uma cega e um mudo, ia ser complicado.

— A gente sempre podia ficar de mão dada.

Ela riu. Oto ficou satisfeito. Era raro, mas às vezes conseguia dizer a coisa certa no momento certo.

— Então? Vamos lá? — ela perguntou.

Ele abriu o livro no capítulo treze.

Logo no começo, um longo trecho tratava justamente sobre a obsessão de Raimundo por Ana Rosa, uma obsessão que se tornara doentia depois que o pai recusara a mão da filha em casamento, por ele ser mulato. Raimundo não parava de pensar naquilo:

— *E repetia insensivelmente as palavras de Manuel: "Recusei-lhe a mão de minha filha, porque o senhor é filho de uma escrava! — O senhor é um homem de cor! — O senhor foi forro à pia, e aqui ninguém o ignora! — O senhor não imagina o que é por cá a prevenção contra os mulatos!..."*

Por fim fingiu-se de forte e resolveu voltar para o Rio de Janeiro e esquecer aquela província mesquinha e retrógrada. Mas havia o juramento feito a Ana Rosa: pedi-la em casamento. Como fora recusado, devia-lhe uma explicação. Pediu a Manuel que dissesse a verdade a ela. Foi o que o pai fez.

— Ana Rosa, de cabeça baixa, ouvia, aparentemente resignada, as palavras do pai. Confiava em extremo no seu amor e nos juramentos de Raimundo, para recear qualquer obstáculo. [...] isso não alterou, absolutamente nada, o sentimento que Ana Rosa lhe votava. As palavras de Manuel não lhe produziam o menor abalo; ela continuava a estremecer e desejar o mulato com a mesma fé e com o mesmo ardor [...].

A voz de Oto o traía. Estava colocando emoção demais no que lia. O drama de Raimundo era o seu drama.

— Manuel, depois de seus conselhos, passou a fazer considerações desfavoráveis a respeito das qualidades morais do mulato, e com isso apenas conseguiu estimular o desejo da filha, juntando aos atrativos do belo rapaz mais um, não menos poderoso, o da proibição.

Confuso, Oto julgou já ter confessado tudo a Sílvia, que já haviam falado em ficar juntos e que a família dela já o recusara. E que agora tinham de brigar pelo seu amor. Para piorar, Sílvia cortou a leitura para comentar:

— Se fosse eu lutava até o fim pelo Raimundo!

Oto ficou espantado. E arriscou:

— Mesmo que a sua família não concordasse?

— Que se dane tudo! Se eu tivesse apaixonada pelo cara... É como a mãe da Ana Rosa falou.

— O quê?

— No começo do livro. O conselho que ela dá à filha. Dá pra você ler de novo, Oto?

Ele procurou. Estava sublinhado a lápis. Esperava um dia lembrar a Sílvia aquele trecho, para terem forças para lutar contra a sociedade, contra o preconceito.

— *Minha filha, disse-lhe a infeliz já nas vésperas da morte, não consintas nunca que te casem, sem que ames deveras o homem a ti destinado para marido. Não te cases no ar! Lembra-te que o casamento deve ser sempre a consequência de duas inclinações irresistíveis. A gente deve casar porque ama, e não ter de amar porque casou. Se fizeres o que te digo, serás feliz!*

— Isso é tão bonito! — ela repetiu.

O coração de Oto explodiu de esperança. Não havia mais dúvida. Os problemas haviam acabado. Ele agora tinha certeza. Sílvia ia ficar do seu lado, contra a família, contra todos. Ele ia contar a ela que era negro, pediria desculpas pela mentira, por sua insegurança idiota, mas agora com a certeza de que ela... Quase contou a verdade naquele mesmo instante. Era só perguntar: "Mas você lutaria para ficar com um homem, mesmo que ele fosse negro?"

— E aí? Acabou a voz de novo? — ela brincou.

Ele continuou a ler. Podia retomar o assunto no fim.

Começa um jogo de intriga pesada. O pai diz a Ana Rosa que Raimundo vai embora para o Rio de Janeiro, mente, diz que o sobrinho:

— *Foi-me muito lampeiro ao escritório e pediu-me que o desculpasse contigo: "Que desses o dito por não dito! Que ele precisava mudar de ares!... Que se aborrecia muito cá pela província! pela aldeola — como ele a chama!"*

Ana Rosa tem um ataque histérico, grita, chora. Há uma confusão na casa de Manuel. Raimundo e o cônego Diogo afi-

nal se encontram na varanda. Raimundo o arrasta para o quarto e grita:
— *Vai dizer-me quem matou meu pai!* [...] *E o cônego empalideceu.*
Sílvia também. O padre pergunta:
— *Que quer isto dizer?...*
— *Quer dizer que descobri afinal o assassino de meu pai e posso vingar-me no mesmo instante!*
— Caramba! — disse Sílvia.
Mas o padre é esperto, faz-se de vítima, apela para a amizade de décadas com a família, abala a convicção de Raimundo, cai de joelhos e começa a rezar.
— *Levante-se, observou-lhe Raimundo, aborrecido. Deixe-se disso! Se lhe fiz uma injustiça, desculpe. Pode ir andando, que não o perseguirei. Vá!*
O padre se afasta, de cabeça baixa, com ar humilde, mas resmungando:
— *Deixa estar, que me pagarás, meu cabrinha apistolado!...*
Com essa frase terminava o capítulo treze, e Oto emendou a leitura pelo seguinte, para não perder o clima de tensão.
Raimundo muda-se, sai da casa do tio. Isola-se, esperando resolver todos os seus negócios para voltar à corte.
Ana Rosa se desespera cada vez mais.
As intrigas em torno do drama amoroso se estendem pelas ruas. Aluísio descreve os fuxicos, as cartas anônimas, expõe os preconceitos contra o mulato.
Os negócios são resolvidos. A viagem de Raimundo é marcada.
O dia chega. O navio partirá às nove horas da manhã. Manuel e o padre Diogo vão vê-lo partir.

Em mais algumas páginas, até o fim do capítulo, Aluísio cria uma terrível expectativa. Sílvia torcia as mãos, apertava os dedos, mordia os lábios. Raimundo não aparecia para embarcar.

Entraram pelo capítulo quinze atrás de Raimundo. Onde ele estava? Ana Rosa se torturava, sentia-se culpada, e também com raiva, querendo se consolar fazendo o papel de vítima, e querendo perdoar Raimundo, mas por outro lado odiando-o. Aluísio descreve o inferno em que ela estava mergulhada quando afinal Raimundo lhe aparece. Surge para entregar uma carta e partir, para sempre.

Oto sabia que aquele era um capítulo crucial. Sabia quais as partes mais fortes, e havia se preparado para a leitura.

A carta de Raimundo era uma delas. Oto respirou fundo e leu, e a cada linha olhava para Sílvia, como se ele próprio a tivesse escrito para ela.

Raimundo declara seu amor, e a impossibilidade desse amor, e diz que é mulato, que é filho de escrava. E é também Oto quem parece dizer isso a Sílvia. E diz com tanta verdade que a outra, a verdade real, quase sai de sua boca.

— *Ao terminar a leitura, Ana Rosa levantou-se transformada. Uma enorme revolução se havia operado nela; como que vingava e crescia-lhe por dentro uma nova alma, transbordante. "Ah! Ele amava-me tanto e fugia com o segredo, ingrato! Mas por que não lhe dissera logo tudo aquilo com franqueza?"...*

Oto parou, olhou para Sílvia, como a esperar que ela tomasse a mesma atitude de Ana Rosa. Mas isso não ia acontecer. Ele não dissera a verdade ainda. Não conseguia parar de ler. A reação de Ana Rosa:

— *[...] teve um apetite nervoso de gritar, morder, agatanhar. Pensou que ia ter um histérico; saiu da janela, para ficar à vontade; deu fortes pancadas frenéticas na cabeça. E sentia uma raiva mortal por tudo e por todos* [...] *desejou a vida com todos os seus trabalhos, com todos os seus espinhos e com todos os seus encantos carnais; sentiu uma necessidade imperiosa, absoluta, de entender-se com Raimundo, de perdoar-lhe tudo, com beijos ardentes, com carícias doidas, selvagens, agarrar-se a ele* [...] *"Aqui me tens! Anda! Faze de mim o que quiseres! Sou toda tua! Dispõe do que é teu!"*

Então aconteceu uma coisa surpreendente.

Oto havia se aproximado muito de Sílvia. Seus joelhos estavam se tocando. Ele segurava o livro com uma mão só, à altura do rosto, e sua mão direita estava apoiada na coxa direita. Sílvia, na tensão crescente da trama do livro, tinha as duas mãos sobre as pernas, junto dos joelhos.

Oto sentiu que a mão esquerda de Sílvia pousava sobre sua mão direita, e a apertava. Ele instintivamente virou a palma de sua mão para cima e apertou a dela com força.

Não parou de ler.

— *Nisto, rodou uma carruagem na rua da Estrela.* [...] *Ana Rosa correu à janela, assustada, palpitante. O carro parou à porta de Manuel; a moça estremeceu de medo e de esperança e, toda excitada, convulsa, doida, viu saltar Raimundo.*

Raimundo voltara. Não havia embarcado. Ela o arrastou para o seu quarto e:

— [...] *correu à porta, fechou-a bruscamente, e atirou-se ao pescoço de Raimundo.*

Oto e Sílvia apertaram mais as mãos, prevendo o que viria a seguir. Raimundo ainda resistia, mas Sílvia... não, Ana Rosa...

— *E por que não? Que tenho eu com o preconceito dos outros? Que culpa tenho eu de te amar?*

Os dois trancados no quarto. O apito do navio anunciando a partida. Os dois ardendo de paixão. Oto aperta a mão de Sílvia, para deixar claro a intenção do gesto. Sílvia corresponde, quer deixar claro também. Não há mais dúvida entre os dois.

Raimundo e Ana Rosa fazem amor.

As duas mãos relaxam, suadas. Agora Sílvia apenas pousa sua mão sobre a dele, enquanto escuta o final do capítulo.

As intrigas do pai, armadas pelo padre Diogo. Um diz que Raimundo embarcou. Que deu tempo de ele pegar o navio. O outro diz que não, que Raimundo não embarcou, mas que o pai dela não sabe. Que ela precisa se confessar. Ana Rosa vai enlouquecendo.

Quando o capítulo termina, Oto está exausto. Leu com tanta intensidade que tem a garganta seca e transpira muito na testa. Os dois recuam as mãos, constrangidos. Não tocam no assunto.

O celular de Sílvia toca.

É Valter. Diz que bateram no carro. Um ônibus avançou um sinal e pegou o carro de lado.

— Oto, você me leva em casa?

— Claro — ele diz, apavorado.

E se o vissem com ela? Um vizinho? Um parente?

Saíram de mãos dadas, mas, apesar desse gesto de intimidade, ou por causa dele, foram calados, inseguros. Tomaram um táxi para a Urca. Ela disse o endereço para o motorista e lembrou a Oto que estaria sem condução para encontrá-lo no dia seguinte, para continuarem a leitura.

— Puxa, logo agora que tá ficando tão emocionante...

— É — ele disse. — Na verdade faltam só umas quarenta páginas. E se a gente marcasse em um outro lugar, aonde você pudesse chegar?

— Já sei, Oto! Na praia!

— Na praia?

— É. Lá no muro da Urca. Onde você me viu, lembra? Eu posso ir até lá a pé.
— Legal. Tá marcado. Amanhã é sexta... eu saio da aula e vou direto, tá? Umas duas da tarde tá legal pra você?
— Tá ótimo. Tá marcado — ela disse.

Continuaram calados, e então, à medida que se aproximavam da casa de Sílvia, Oto foi sentindo uma estranha mudança nela, afastada, na outra ponta do banco, o corpo tenso, claramente nervosa por estar ali com ele, arrependida.

O táxi parou diante de uma enorme casa, naquela rua sem saída da Urca. Oto desceu com ela e ficaram parados, na calçada em frente. Ele havia decidido se mostrar. Que todos se danassem! Ele e Sílvia se gostavam! Isso ficava cada vez mais claro. Ele tinha de assumir quem era! Ela ficou muito nervosa, e armou sua bengala:

— Vou entrar. Desculpe não te convidar pra conhecer minha casa.

— Não, Sílvia. Tudo bem. Escuta, amanhã eu posso passar aqui pra te pegar, se você quiser.

— Não. Não... — ela disse. — Não precisa!

— Não custa nada. É caminho.

— Não, Oto. Pra falar a verdade, não quero que o meu pessoal... Minha família é cheia de... Nem sei como te dizer.

— Tá. Sem problema. A gente se encontra lá no muro. Te cuida.

Ela entrou.

Oto se afastou, arrasado. Na esquina, parou e olhou para a mansão onde Sílvia tinha entrado. Era exatamente como ele pensava. Uma família da elite, cheia de preconceitos.

Se Sílvia tinha de esconder até seus amigos brancos, um surfista que prestava assistência social para deficientes físicos, imagina aparecer de mão dada com um negro.

Oto foi para casa com muita raiva, mas contente consigo mesmo. Tinha razão em ter mentido.

· 14 ·
Camaleões não são racistas

Depois das aulas ele resolveu repetir os passos que dera na primeira vez que avistou Sílvia. Comeu um sanduíche de queijo com salame no último botequim da orla, sentado na amurada, pensando na vida.

Aquelas três semanas o haviam abalado de um jeito confuso, mas profundo. Não havia passado um só dia em que não tivesse cometido alguma bobagem, algum desatino, mas pelo menos agora, naquela sexta-feira, sob aquele sol da tarde radiante, Oto tinha certeza de que tudo chegaria ao fim. E o motivo era simples: ele estava com raiva de Sílvia.

Seria o último dia de leitura. E, coincidindo com o final do livro de Aluísio Azevedo, decidira também terminar tudo com ela, não vê-la mais. Tivera razão em mentir. A menina fazia parte da elite e o teria discriminado. Ele nem contaria a verdade. Para quê? O que ganharia com isso? Um sorriso talvez, de compreensão, e ela lhe diria que não, que poderia ter dito desde o começo que era negro, que ela não tinha preconceito algum, repetindo todas aquelas frases feitas do racismo brasileiro. E diria que o "perdoaria", e Oto se veria então numa situação que odiava: um branco mostrando a um negro como era uma coisa extraordinária estar assim, os dois, se entendendo tão bem. Não, ele terminaria o livro, daria adeus a ela ali mesmo, onde a viu pela primeira vez, e sairia andando pela calçada da praia, sem olhar para trás. E Sílvia nunca saberia que aquela voz vinha de um corpo de pele negra.

Terminou o sanduíche e andou até ela.

Sílvia estava no mesmo lugar da primeira vez: sentada na amurada da praia da Urca, de frente para a baía da Guanabara. A brisa que vinha do mar continuava jogando para trás o cabelo castanho-claro, todo cacheado. Continuava de óculos escuros, balançando as pernas sobre as ondas fracas que cobriam as pedras.

Ele se encostou novamente numa árvore, para vê-la a distância. Lembrou mais uma vez do livro maluco que ainda não tinha terminado de ler, aquele que tentava analisar os mistérios que existiam por trás dos acasos, e sobre pessoas que a gente vê mas que não existem, que aparecem só para nos mostrar alguma coisa, passar alguma mensagem. Pelo menos agora ele sabia que Sílvia existia. Já havia tocado nela.

Mas assim, a distância, teve de novo a impressão de que aquela menina estava ali, aparecendo só para ele, para lhe dizer alguma coisa muito importante. Oto fez força para não se esquecer da raiva e sentou junto de Sílvia.

— A gente devia ter pensado nisso antes — ela disse.

— Pensado no quê?

— Fazer a leitura aqui. Não é gostoso? Com esse cheiro de maresia, esse ventinho...

— É sim. É muito legal. Vamos começar?

— Aqui só é um pouco mais barulhento. Não quer chegar mais perto?

Oto estava a uns dois palmos dela. Aproximou-se, rápido, ela também fez um movimento em direção a ele, e afinal acabaram com os corpos se encostando, e aí foi tarde demais para recuar. Ficaram assim. Oto começou a ler o capítulo dezesseis.

Desde as primeiras frases voltou-lhe a raiva. O final de *O mulato* era um emaranhado de intrigas provocadas pelo padre, intrigas que tinham como pano de fundo um adultério, um assassinato, um filho bastardo. Era uma leitura pesada, o relato de uma tragédia provocada pelo preconceito, e Oto a fazia com a voz dura, cortante. Voltou a encarnar em Raimundo.

O padre acaba convencendo Ana Rosa a se confessar:

— *O cônego Diogo calculara bem. A encenação da missa, os amolecedores perfumes da igreja, o estômago em jejum, o venerando mistério dos latins, o cerimonial religioso [...] A pobre moça considerou-se culpada; pela primeira vez, entendeu que era um crime o que havia praticado com Raimundo, sentiu minguar-lhe aquela energia de aço, que lhe inspirara o seu amor [...].*

O padre arranca a verdade de Ana Rosa. Ela havia se entregado a Raimundo. E estava grávida!

Oto sentiu o corpo de Sílvia ficar rígido. As pernas dela pararam de balançar. Ele lia rápido, despejava uma torrente de palavras em cima dela, bem perto de seu ouvido.

Raimundo e Ana Rosa conseguiam se comunicar por cartas. E estabeleceram um plano de fuga.

— *[...] domingo, às oito da noite, hora em que teu pai costuma conversar na botica do Vidal; quando os vizinhos e caixeiros ainda estão no passeio, [...] nessa ocasião, um sujeito barbado, vestido de preto, assoviará junto à tua porta uma música tua conhecida. Esse sujeito sou eu.*

No capítulo dezessete o suspense crescia, atingia o auge. Era a hora marcada, mas Ana Rosa não conseguia se desvencilhar das pessoas e ficar sozinha para poder encontrar

Raimundo. Sílvia firmou as duas mãos na pedra da amurada e contraiu os dedos com força.

— *O relógio pingou, inalteravelmente, oito badaladas roucas* [...] *E daí, a instantes, no silêncio da varanda, ouvia-se o assobio forte de Raimundo* [...] *Ana Rosa* [...] *com uma ligeireza de pássaro que foge da gaiola, desceu a escada na ponta dos pés, atirando-se lá embaixo nos braços de Raimundo* [...].

— Que bom! — interrompeu Sílvia.

Por um momento Oto teve vontade de parar, mentir, dizer que o livro terminava ali, e os dois iriam viver felizes para sempre. Mas não era assim, não com Aluísio Azevedo. Não com os naturalistas.

— *Mas, ao transporem a porta da rua, ela soltou um grito, e o rapaz estacou, empalidecendo. Do lado de fora, o cônego Diogo e o Dias, acompanhados por quatro soldados de polícia, saíram ao seu encontro, cortando-lhes a passagem.*

— Ah, não! — Sílvia cortou novamente, e Oto sentiu certo prazer em vê-la sofrer.

Continuou a ler, com um tom de voz agora sádico, querendo mostrar a Sílvia como a vida era trágica, como a sociedade era mesquinha, como o preconceito destruía as pessoas. E como tudo isso caía em cima de Raimundo, do mulato.

O cônego Diogo armara uma intriga para levar Ana Rosa a casar com Luís Dias, o empregado de Manuel. Dias assumiria o filho de Ana Rosa, e em troca entraria para a família do rico comerciante, com todas as vantagens econômicas que isso representava.

A presença da polícia interceptando a fuga dos amantes provocou um enorme escândalo na pequena província. O povo logo formou uma multidão diante da casa de Manuel.

O padre tomou a frente da situação. Dispensou a polícia, mandou dispersar o povo e fez a família entrar para dentro da casa. Terminaram todos reunidos na sala.
O que se seguia era o clímax do livro.
Todos juntos num cômodo. Todos os ódios, os interesses, os preconceitos. Todos discutindo, ameaçando, intrigando. No meio disso tudo, Ana Rosa declara estar grávida.
A violência explode. Raimundo agarra o padre pelo pescoço. Mas em seguida o solta, com medo de matá-lo.
Raimundo toma uma decisão. Acionará a justiça. É advogado, conhece seus direitos. Ana Rosa é maior de idade. Ninguém poderá impedir o casamento. Raimundo sai dali.
O padre Diogo conversa com Dias na rua. Diz a ele:
— [...] *lembro-lhe somente que um homem de cor, um mulato, nascido escravo, desvirtuou a mulher que vai ser a sua esposa, e isto, fique sabendo, representa para você muito maior afronta que um adultério. Assiste-lhe, por conseguinte, todo o direito de vingar a sua honra ultrajada* [...].
Está armado o desfecho. Sílvia parece pressentir. Sua expressão está dura, o rosto voltado para o mar. A respiração profunda. Oto lê com muita raiva. Raimundo vai pagar com a vida o preconceito de raça. A cor de sua pele não lhe dá o direito de amar.
A emboscada está armada e o final se aproxima.
Raimundo precisaria só de algumas horas, só passar aquela noite...
— *Mais doze horas, doze horas! e estaria tudo concluído! No dia seguinte estaria tudo pronto, e ele no primeiro vapor seguiria para a Corte, acompanhado da esposa, feliz, independente!* [...].
Volta para casa.

— Mas, do vão escuro, em que se formava o limite da parede, rebentou um tiro, no momento em que ele dava volta à chave.

— Não! — gritou Sílvia.

— Dias fechou os olhos e concentrou toda a energia no dedo que devia puxar o gatilho. A bala partiu, e Raimundo, com um gemido, prostrou-se contra a parede.

Oto leu aquilo com prazer. Queria ferir Sílvia. Olhou para ela. Viu lágrimas escorrendo em seu rosto. Duas lágrimas brilhantes, azuladas, refletindo o mar da baía da Guanabara.

Não parou. Continuou a ler. O corpo de Raimundo passa em frente à casa de Ana Rosa. Ela o vê.

— *O povo olhou todo para cima e viu uma coisa horrível. Ana Rosa, convulsa, doida, firmando no patamar da janela as mãos, como duas garras, entranhava as unhas na madeira do balcão, com os olhos a rolarem sinistramente e com um riso medonho a escancarar-lhe a boca, as ventas dilatadas, os membros hirtos.* [...] *De repente, soltou um novo rugido e caiu de costas.* [...] *E, no lugar da queda, ficou no assoalho uma enorme poça vermelha.*

Sílvia soluçou.

Uma parte de Oto queria parar, abraçá-la, consolá-la. Mas outra parte precisava machucá-la, feri-la. Ela o havia feito mentir, envergonhar-se de si mesmo, a ponto de se espantar com o que tinha feito. Não dormia direito desde que a conhecera, fizera idiotices como nunca antes, bancara o estúpido para si mesmo. Renegara a cor de sua pele. Ela era a culpada, e ele não a poupou. Continuou a ler, sem parar, o décimo nono capítulo. O último.

Nele, a constatação terrível.

— *O par festejado eram o Dias e Ana Rosa, casados havia quatro anos. Ele deixara crescer o bigode e aprumara-se todo; tinha até certo emproamento ricaço e um ar satisfeito e alinhado [...]; a mulher engordara um pouco em demasia, mas ainda estava boa, bem torneada, com a pele limpa e a carne esperta. Ia toda se saracoteando, muito preocupada em apanhar a cauda do seu vestido, e pensando, naturalmente, nos seus três filhinhos que ficaram em casa, a dormir.*

Então era isso. Seis anos depois: Dias rico, casado com uma Ana Rosa satisfeita, mãe de três filhos!

Oto fechou o livro com raiva e sorriu para o Pão de Açúcar. Aí estava. Era assim a vida. A sociedade massacra. O preconceito mata. Os ricos continuam ricos. Os brancos se entendem. A religião serve aos poderosos. O mulato havia se enganado. Estudou, se destacou intelectualmente, era superior à mediocridade da província. Esta não o perdoou. Não perdoou a cor de sua pele, seu nascimento.

Sílvia deixava as lágrimas correrem. O silêncio pesado começou a incomodar Oto. Não podia simplesmente levantar e se despedir dela. Disse qualquer coisa idiota como:

— É um final trágico, não é? Não é nada romântico. Você tá chorando...

— Não é só pelo livro não, Oto. Desculpa. Você foi maravilhoso. Escolheu o livro certo. Esse é um assunto que me toca muito.

— É?

— Eu sei muito bem o que é o preconceito.

— É. A deficiência física ainda é considerada uma... — e ele de repente se deu conta da estupidez que havia sido ter raiva dela. Ficou arrasado.

— Não, Oto. Não é por ser cega. Tô falando do preconceito racial mesmo. Você parece ter adivinhado.

— Como assim? Você é branca. Não sabe o que é isso!

— Sei sim. Vivo isso dentro de casa.

— É? — ele não estava entendendo nada.
— Tenho um primo mulato. Como Ana Rosa. Até nisso você acertou. É como se você soubesse tudo sobre mim.
— Um primo mulato?
— Você até conhece.
— Conheço?
— É. O Valter.
— O Valter é teu primo, Sílvia?
— É.
Oto passou a mão na cabeça ainda raspada a zero. Havia julgado Valter um motorista, só porque o sujeito era mulato. Preconceito. Tentou arranjar alguma justificativa, para se perdoar, mas não teve tempo porque Sílvia acrescentou:
— Você acredita que muita gente acha que ele é meu motorista particular? Só porque é mulato! Então um mulato não pode trabalhar, comprar seu carro e dar caronas pra prima?
— É. É um absurdo.
— Você não pode entender isso, Oto. Você é branco, louro, de olho azul...
Ele pensou em abraçar uma daquelas pedras e se atirar na baía. Ela não parou:
— ... não pode imaginar como Valter passa por situações constrangedoras. E ele é um gênio. É formado em Matemática, tá fazendo doutorado num assunto que só uma meia dúzia de pessoas no mundo todo é capaz de entender. Mas ontem mesmo um porteiro disse que ele tinha de entrar pelo elevador de serviço.
Aí Oto não aguentou. Segurou firme na amurada, com as duas mãos, e deixou que duas lágrimas escorressem pelo seu rosto.
— Sílvia... desculpe perguntar... mas como você pode ter um primo mulato?

— Ué... minha tia, a irmã de minha mãe, casou com um negro.
— Ah, tá.
— Meu tio é negro, um sujeito maravilhoso. É professor de História do Brasil em duas universidades, e já deu aula na Europa e nos Estados Unidos.
— É?
— Minha tia você também já viu.
— Vi?
— Ela me levou lá onde você faz as leituras, no primeiro dia.
— Pensei que era a sua mãe.
— É. As duas eram muito parecidas.
— Eram?
Ele estava pisando em ovos. E os ovos estavam quebrando todos.
— Minha mãe morreu durante o meu parto, Oto. Complicações. Por isso nasci cega.
— Que barra.
— E meu pai morreu cinco anos depois, num acidente de carro.
— Puxa.
— Moro com meus tios.
— Naquela mansão...
— Não, numa outra casa, menor, nos fundos. O casarão da frente é de um amigo do meu tio, que aluga a casa de trás. A entrada é a mesma. Tem gente que acha que somos ricos. Cara, as pessoas tiram um monte de conclusões apressadas, não é não?
— É verdade.

— Imagina... meus tios são professores universitários, só isso. Vivem de salário. E gastam metade do que ganham em livros.

— Mas a tua tia parece rica mesmo.

— Ah, aquele dia — Sílvia sorriu — ela parecia uma perua, não é? Usou até aquele colar de pérolas falso. É que ela ia ser testemunha numa audiência pública, pra ajudar uma amiga numa causa trabalhista, e queria impressionar o juiz.

— Por que você não falou sobre isso antes... sobre preconceito racial...? Quando eu desembestei a falar sobre escravidão lá no bar, por exemplo, você podia ter...

— Pra quê? Quem não passa por isso costuma ter um ponto de vista teórico. Eu não, eu me emociono. Até evito falar, sabe.

Oto se sentia completamente perdido. Ainda arriscou, tentando consertar as coisas para si próprio:

— Preconceito é fogo, Sílvia. Quer saber, eu mesmo senti que você me tratou esquisito algumas vezes. Principalmente ontem, no táxi.

— Foi?

Oto sentiu que ela aceitava o que ele tinha dito.

— É, mas pode ter sido impressão minha. Você não quis que eu entrasse na tua casa, nem que eu passasse lá hoje, pra te pegar...

— Posso ser franca, Oto?

Ele estremeceu.

— Claro, Sílvia.

— Eu me sinto culpada, sabe... Acho que discriminei você, Oto, e isso foi terrível pra mim. Ainda bem que estamos falando sobre isso.

Ele chegou a pensar que ela sabia o tempo todo que ele era negro. Mas não era isso.

— Você tá certo, Oto. Desculpa. Eu fiquei mesmo esquisita com você. Vou falar a verdade. Fiquei com vergonha de você. Pronto. Foi isso.

— Vergonha?

— É. Não fica chateado com o que eu vou te dizer.

— Não. Fala.

— Foi depois que te levei pra conhecer a minha amiga, aquela socióloga.

— Ah, lembro — e ele torceu para que ela não pedisse detalhes.

— Ela foi grossa com você. É mais velha e meio neurastênica. Já expliquei isso.

— É — ele concordou, cauteloso.

— Ela ficou horrorizada com você, Oto.

— Ficou?

— Na hora eu não entendi. Senti que ela te tratava mal. Depois que você foi embora eu quis ficar e perguntar a ela por que tinha agido daquela maneira.

— Pois é.

— Você tava sem poder falar, lembra? Teve de conversar com ela escrevendo.

— Foi.

— Por favor, Oto... não leva a mal o que eu vou te dizer. Sei que é preconceito da minha parte, mas acho que fui criada num ambiente em que a cultura é muito valorizada.

— Pode dizer, Sílvia. O que foi?

— A Virgínia começou a te criticar e...

— Que Virgínia?

— Minha amiga, ué? Esqueceu?

— Ah... tá...

— Ela disse que você tinha cara de garotão mesmo, parecia muito mais novo do que vinte anos... Disse que tava mais pra surfista do que para estudante de Letras... E que achou você muito esquisito pra quem quer ser escritor e tudo o mais, e até chegou a desconfiar que você tava mentindo, que nem fazia faculdade... que tinha inventado tudo aquilo pra me impressionar...

— É mesmo? Ela disse isso? — Oto fechou os olhos, abaixou a cabeça e pensou em matar Leo.

— Eu fiquei te defendendo, Oto. Disse que ela tava sendo injusta. Falei que você tá batalhando pra melhorar, não tá? Estudando. Todo mundo tem a capacidade infinita de se tornar melhor. Somos todos iguais nisso.

— É sim.

— Bom, resumindo, ela disse que você era muito ignorante pra mim... quer dizer, pra ser meu amigo. Eu briguei com ela. Aquilo era preconceito! A gente não deve ser intolerante, não deve interpretar os outros a partir de... Mas vou falar a verdade, Oto. Desde aquele dia fiquei dividida. Queria agir normalmente com você, mas lembrava do que ela falou... Não dava. Cheguei até a pensar... nem sei como dizer...

— Diz.

— Fiquei desconfiada de você. Eu sou cega... No bar, por exemplo, quando você começou a falar sobre história do Brasil... você podia estar lendo...

— Imagina...

— Confesso que tive vergonha de te apresentar aos meus tios. Eles são intelectuais, como a Virgínia... Pronto, falei. Tô me sentindo péssima.

— Tudo bem.

— Você imagina o que é isso pra mim? Saber que sou capaz de ter preconceitos. Eu. Uma deficiente visual. Que tanto critico o preconceito nos outros!

— Não fala assim, Sílvia.

— Tenho me sentido muito mal esses dias, Oto. Esse livro então, nossa, como mexeu comigo. Se você soubesse como eu sofro quando meu tio, ou meu primo, chegam em casa arrasados por serem vítimas de algum preconceito racial.
— Deve ser muito triste.
— Isso tudo é tão absurdo, Oto. Só os cegos compreendem como é absurdo! A cor não faz diferença, entende? Se todos fossem cegos, todas as peles seriam iguais. Se o sol fosse roxo, os corpos seriam amarelos, vermelhos, sei lá. A cor é um luxo. É abstrata. É subjetiva! Isso é tudo uma grande bobagem. A fonte do racismo é o quê? O sol? E se a gente mudasse de cor, como dizem que os camaleões fazem?
— Acho que entre os camaleões não existe racismo.
— Tudo isso... a pessoa se achar negra, branca, asiática, verde... um monte de absurdos, Oto. Simplesmente não sei do que tão falando. Eu não posso ver, acho que é por isso que *sei* que as pessoas são todas iguais. Pra mim pode ser amarelo com bolinhas vermelhas que tanto faz, entende? Eu não *vejo* o que querem me mostrar, Oto. Só sinto.

Oto agora tinha as duas mãos na cabeça, mas nada para dizer. Sílvia calou-se e virou o rosto para o mar. Ele precisava falar alguma coisa.

— Posso te pedir um favor? — ele perguntou.
— Claro.
— Vamos ficar um pouco calados. Preciso pensar.
— Tá.

Foi o que ele fez. Pensou. E, à medida que fazia isso, um sorriso ia se abrindo em seu rosto. Chegou a balançar a cabeça. Aquela menina ali na amurada afinal havia lhe passado a mensagem. Lutar contra o preconceito era uma coisa muito, muito mais profunda do que ele supunha. O preconceito tinha camadas, como as cebolas. Havia preconceitos gerados por preconceitos. Prevenções.

A tarde estava chegando ao fim. O sol já deixava as montanhas alaranjadas e escurecia as águas da baía. Passarinhos se recolhiam aos ninhos e bandos de gaivotas cortavam o céu, voltando para casa. O mundo não era só feio. Oto afinal cortou o silêncio:

— Vou te contar uma coisa... Você não vai acreditar no que vai ouvir.

E ela ouviu.

Oto falou tudo.

Começou com as bobagens que havia feito para chamar a atenção dela ali sentada, semanas atrás, incluindo a linha de pesca inexistente, passando por todos os pensamentos errados que povoaram sua cabeça, até aquele exato momento, em que descobria que falar a verdade o deixava tão leve que era capaz de andar sobre as águas da baía da Guanabara.

Falou sem parar. Falou como se tivesse pressa de acabar as últimas páginas de um romance, uma história de paixão e preconceito, que ele torcia para ainda ter chance de chegar a um final feliz.

Sílvia primeiro ficou assustada. Depois indignada. Depois com muita raiva. Ele havia usado a cegueira dela para enganá-la. Porém, todas as vezes que Leo entrava na história ela não podia deixar de rir.

Oto agradeceria Leo eternamente por isso.

No final Sílvia estava às gargalhadas.

— Agora eu vou ter de fazer de novo... — ela disse.

— O quê?

— Tocar no teu rosto. Pra saber como você é.

Oto fechou os olhos e sentiu as mãos de Sílvia em sua nuca, em suas orelhas, as pontas dos dedos reconhecendo sua testa, seus olhos, e teve orgulho de seu nariz de negro e de seus lábios grossos.

— Desculpa, tá? De verdade — ele disse.

— Tudo bem.

— Tudo o que eu pensei sobre você tava errado. Isso não é normal, Sílvia. Acho que uma pessoa só pode se enganar tanto a respeito de outra, e fazer tanta besteira, se estiver muito apaixonada.

Então se beijaram.

Outros olhares sobre
O mulato

Você viu como Oto foi astucioso em decidir ler para Sílvia O mulato, *pois a obra representava quem ele era e dizia muito sobre o seu amor pela garota. Mas falar algo sobre si próprio implicava em lidar com um tema espinhoso como o preconceito racial. Nas páginas seguintes, saiba mais sobre esse tipo de discriminação, que, infelizmente, existe ainda hoje.*

O escândalo de *O mulato*

O mulato teve um êxito estrondoso logo na primeira edição, mas esse êxito se deu na Corte, no Rio de Janeiro, e não no Maranhão, cenário do livro e terra natal do escritor. Se de um lado nomes como Raul Pompeia, Capistrano de Abreu, José do Patrocínio, Raimundo Correia, Araripe Júnior, entre outros, prestigiaram o jovem romancista do Nordeste, de vinte e poucos anos, e viram nele um talento raro, na província de São Luís as poucas vozes que se ouviram na imprensa foram de franca aversão. É o próprio Aluísio quem reproduz, no prefácio à 2ª edição da obra, o julgamento raivoso de um jornalista local:

Eis aí um romance realista, o primeiro pepino que brota no Brasil. [...] É muita audácia, ou muita ignorância, ou ambas as coisas ao mesmo tempo. [...] Ele, que tanto ama a natureza, que não crê na metafísica, nem respeita a religião, que só tem entusiasmo pela saúde do corpo e pelo real sensível ou material, devia abandonar essa vidinha de vadio escrevinhador e ir cultivar as nossas ubérrimas terras. [...] À lavoura, meu estúpido! À lavoura! Precisamos de braços e não de prosas em romances! Isto sim é real.

Esse juízo talvez se devesse menos a uma hostilidade ao

realismo que ao fato de o autor dar um retrato caricatural, mordaz, de tipos urbanos de sua cidade. No romance destacam-se fofoqueiras como Amância, a beata malvada, Dona Bárbara, o português arrivista e de caráter frouxo, Luís Dias, as moças casadoiras, pintadas de modo não muito lisonjeador. O maior vilão do livro é o padre e depois cônego Diogo, que assassina o marido de sua amante e, anos depois, arma uma intriga para matar o filho de sua vítima anterior.

Retrato do jovem Aluísio Azevedo, hostilizado pela imprensa maranhense por ocasião do lançamento de *O mulato*.

Em 1884, vem a público uma versão para teatro de *O mulato*, feita por Aluísio e montada no Rio de Janeiro por seu irmão, Arthur de Azevedo, com quem, aliás, escreveu algumas peças. Em 1881, desejoso de se tornar um escritor profissional e afligido pelo escândalo, em São Luís, da publicação de seu romance, Aluísio retorna à capital do país, onde já tinha morado, entre 1876 e 1878. Consegue viver relativamente de seus escritos, alternando a literatura séria com obras mais vendáveis. Em 1895, presta concurso para cônsul, no qual obtém êxito. Desde então estaria praticamente encerrada sua carreira literária.

Um mamífero entre outros

O mulato foi publicado em 1881 e marca o início do naturalismo no Brasil. Mas essa nova tendência não teve eco em um primeiro momento. Embora movimentos intelectuais como a "Escola do Recife" (grupo de intelectuais liderado por Tobias Barreto, professor da Faculdade de Direito do Recife) e a "Academia Francesa" (associação literária e científica), do Ceará, já estivessem animados pelas correntes científicas e filosóficas contemporâneas vindas da Europa (como o darwinismo, o positivismo, o socialismo), nossos ficcionistas, que ainda continuavam românticos, demoraram a perceber os novos ventos e a aderir aos padrões mais racionalistas do realismo literário.

Charles Darwin (1809-1882), naturalista que estabeleceu relações entre a origem das espécies e os processos de adaptação ao meio ambiente. Sua doutrina evolucionista foi uma das influências decisivas para a literatura naturalista.

À exceção de autores como Machado de Assis e Raul Pompeia, o realismo fez carreira entre nós sob a forma do naturalismo, que era um realismo mais esquemático, fortemente influenciado pela biologia e por um sem-número de teorias, algumas pretensamente científicas. O naturalismo concebia o indivíduo como resultante da hereditariedade e do meio (físico e social), que lhe moldavam o temperamento e a conduta. O romancista passava a se situar diante da realidade como se esta fosse um objeto de estudo, que devesse ser analisado meticulosamente e transposto para o plano literário sem a interferência de textos prévios, isto é, sem a interferência da tradição literária. Os personagens seriam construídos com base nos dados que o romancista-cientista tivesse recolhido da "vida real", e não com base em tipos idealizados, como ocorria no romantismo. Com isso, a literatura toca em aspectos da vida que apenas episodicamente tinham sido tematizados: a fisiologia, a concepção da vida meramente como conjunto de funções orgânicas, sexo e nutrição. Se estes eram correntes na literatura popular e satírica desde séculos — e um exemplo é François Rabelais, autor francês do século XVI —, com o naturalismo, essas características começaram a ser abordadas pela literatura séria e com base nas ciências. Enfatizam-se agora os traços mais animais do homem, um mamífero entre outros, que sofre a ação do meio.

O que para os padrões cultos era considerado de mau gos-

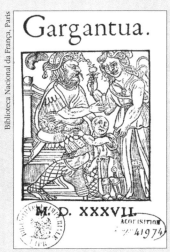

Xilogravura para edição de 1537 do livro *Gargantua*, do médico humanista François Rabelais, publicado em Lyon por Denis de Harsy.

to e feio é agora um aspecto a ser levado em conta e que deve ser comunicado, pois faz parte da vida. A consequência é uma desmistificação da concepção romântica. Essa desmistificação se dá em vários níveis, e um deles é o que diz respeito à mulher, que não é mais um misto de anjo e demônio, mas um ser regulado por regras menstruais e propenso ao "furor uterino", à histeria.

Ocorre que o naturalismo também tinha suas idealizações, e uma delas é a do romancista como sujeito puro, como cientista que analisa friamente um objeto sem levar em conta categorizações prévias. Se estas não vinham mais da tradição literária, derivavam, sem dúvida, das teorias científicas da época e de sua concepção de homem. Com isso, o naturalismo paga o preço do fatalismo, do determinismo inescapável a que se reduzem muitas vezes suas criações (sobretudo as personagens femininas). Assim, se o homem é visto como inegavelmente determinado pela raça e pelo meio, sobra-lhe pouca margem de liberdade. Não é raro que os personagens tenham um comportamento muitas vezes mecânico, simples reação a condicionamentos que lhes são impostos.

É preciso lembrar, no entanto, que o naturalismo é contemporâneo do liberalismo e do socialismo e lhes deve muito a concepção de um romance como "mapa da realidade", inclusive no que diz respeito à vida das pessoas humildes, dos proletários, cujo cotidiano aparece nas narrativas de uma maneira até então inédita. O liberalismo põe as fichas na ação individual e em instituições que favoreçam essa ação, e o socialismo, por sua vez, acredita na emancipação da sociedade capitalista e no fim da exploração. Isso estaria em desacordo com o princí-

"Se o indivíduo é determinado pelo meio, nem por isso estaria cancelada sua possibilidade de alterá-lo." Acima, *A liberdade guia o povo às barricadas* (1830), do pintor francês Eugène Delacroix, emblema das lutas revolucionárias.

pio do fatalismo. Se o indivíduo é determinado pelo meio, nem por isso estaria cancelada sua possibilidade de alterá-lo. Há nesse ponto um otimismo que discorda do pessimismo típico do naturalismo. Assim, este não é uma tendência isenta de contradições. No Brasil, onde veio encontrar uma sociedade de estrutura diferente da sociedade europeia e havia antes escravos que proletários, essa escola literária ganhou novas contradições.

Tendo surgido na França com o romance *Thérèse Raquin*, de Émile Zola (1840-1902), o naturalismo ganhou impulso especialmente com *Le roman expérimental*, de 1880, obra na qual o autor francês resume suas teorias sobre o romance. É sobretudo a influência de Zola e de Eça de Queirós, seu seguidor em Portugal, que se fez sentir nos romancistas brasileiros após 1880, entre os quais se destaca, sem dúvida, Aluísio Azevedo, o maior expoente dessa tendência entre nós.

Simone Signoret no cartaz do filme *Thérèse Raquin*, de Marcel Carné (1953), baseado no livro homônimo de Zola.

Voltando a *o mulato*...

Não é possível dizer com todas as letras que *O mulato* seja integralmente partidário da nova tendência estética. Embora represente um divisor de águas no Brasil, ainda assim foi escrito em um espírito muito mais romântico, tal como a primeira obra de Aluísio, *Uma lágrima de mulher* (1880). A caracterização do mulato Raimundo é verdadeiramente idealista: ele é perfeito na alma e no corpo e na verdade não se sabe mulato, pois é rico, tem os olhos azuis e a tez puxa para o branco. Junte-se a isso o argumento do amor impossível, o uso da peripécia, a descrição da escrava Domingas à maneira do romantismo gótico, a filiação inesperada do herói. Todos esses elementos, entre muitos outros, facilmente inscreveriam o livro na escola de Álvares de Azevedo.

Não seria naturalista o tema do negro e do preconceito racial?, alguns poderiam perguntar. Não propriamente: a literatura romântica no Brasil já vinha há muito tratando desse assunto. Exemplos como *Calabar*, de Agrário de Menezes, *A escrava Isaura*, de Bernardo Guimarães, as peças *Mãe* e *O demônio familiar*, de José de Alencar, o melodrama *O escravo fiel*, de Antônio Cordeiro, para não entrar na poesia dos abolicionistas, como a de Castro Alves, deram papel de destaque ao mulato e ao negro e incentivaram, em graus diversos, o movimento pela libertação dos escravos que começou a tomar fôlego na segunda metade do século XIX. Em muitas dessas obras, como é o caso de *Mãe*, desenha-se o mesmo drama de Raimundo: o protagonista, aparentemente branco, descobre-se filho de escravo. Mas, em José de Alencar, há um possível final feliz, assegurado pelo suicídio da mãe abnegada, que não quer impedir com sua presença a aceitação do filho na sociedade. Na obra de Aluísio, essa solução está desativada; a impossibilidade de um final feliz já mostra inclinação mais realista.

Como muitos comentadores observaram e com razão, Aluísio Azevedo não seguiu aqui uma regra importante do realismo: "O autor não deve se deixar adivinhar na obra". Frequentemente ele toma partido de Raimundo. O resultado artístico nem sempre se faz de boas intenções, de modo que sentimos às vezes um ar de panfleto

O tema do negro e do preconceito racial marca presença em nossa literatura desde o romantismo. Acima, gravura de Jean-Baptiste Debret: *Negras indo à igreja para serem batizadas.*

no livro, produzido pelos longos discursos do narrador, que intervém claramente mesmo nos pensamentos de Raimundo.

Dito isso, resta saber o que indicaria a presença da nova escola nessa obra. Menos na intriga e na estrutura, na caracterização dos personagens principais, ela aparece antes no jeito mais desbocado de falar, de chamar as coisas pelo nome, e de mostrar, sem receio, mais que o preconceito racial, "uma sociedade vingadoramente corrompida pela escravidão", conforme notou a crítica Lúcia Miguel-Pereira. A violência dessa sociedade, mais conservadora ainda no Maranhão, vem com toda a força nos espancamentos seguidos a que Dona Bárbara submete seus escravos e na grosseria sem paralelo de sua fala. Em certa altura, quando sabe dos amores de sua neta por Raimundo, diz entre gritos: "E só peço a Deus que me leve, quanto antes, se tenho algum dia de ver, com estes [olhos] que a terra há de comer, descendente meu coçando a orelha com o pé!". Mas a brutalidade é corrente em todos, como mostra Aluísio, que a flagra em simples conversas de bar sobre "pessoas gradas da melhor sociedade maranhense que tinham um moreno bem suspeito", sobre a habilidade dos negros para a música, ao que um responde:

Talento! Digo-lhe eu! Esta raça cruzada é a mais esperta de todo o Brasil! Coitadi-

nhos dos brancos se ela pilha uma pouca de instrução e resolve fazer uma chinfrinada! Então é que vai tudo pelos ares! [...].

O mordente dessa linguagem é talvez a melhor coisa desse livro, cheio de diálogos saborosos quanto ao ritmo e reveladores quanto à pobreza mental produzida pela estrutura escravista. Mas — é preciso lembrar — diálogos dos personagens secundários, como os exemplos acima, que ficam livres de análise psicológica e da impostação romântica. Na construção da mocinha Ana Rosa entraram elementos cientificistas, o que, em si mesmo, não vem a ser uma virtude.

Antes, produz um inevitável desequilíbrio no par amoroso central. Raimundo, culto, virtuoso e belo, não é alguém subjugado pelo meio, pela raça ou outros fatores biológicos, enquanto sua amada, ainda que virtuosa, está à mercê de sua fisiologia. Ela é antes de tudo uma fêmea, que, não vendo satisfeito seu desejo de copular e procriar, desabrochado com a puberdade, chega aos vinte anos com sintomas de histeria. Tanto ela é mais fêmea que mulher, mais carne que espírito, que, no fim, depois da morte de Raimundo, aparece casada com Luís Dias, por quem tinha verdadeiro nojo, mas que não deixava de ser um homem...

Ana Rosa, personagem de O mulato, é retratada como uma vítima da histeria. Acima, o neurologista francês Jean-Martin Charcot (1825-1893) apresenta uma paciente histérica a uma plateia de médicos em La Salpêtrière em 1875. Pintura de André Brouillet.

Mencione-se ainda o anticlericalismo do livro, em que o maior criminoso vem a ser um padre. Se é devido a convicções de Aluísio Azevedo e talvez se baseie em dados de sua observação, não deixa de vir filtrado pelo anticlericalismo de Eça de Queirós, o que relativiza o preceito naturalista de reproduzir a realidade diretamente, sem o concurso de outros textos literários (veja o item seguinte). Esse preceito é impossível de seguir no Brasil, onde o naturalismo, como outras correntes literárias, foi artigo de importação. É preciso lembrar que, no nosso caso, um romance terá tanto mais êxito quanto mais souber adequar a influência europeia às condições locais.

Raça não é problema

Entre os planos do escritor estava o de compor um grande painel da vida social brasileira entre 1820 e 1887, ou seja, entre a véspera da Independência (1822) e a véspera da República (1889). Mas, dessa série, apenas foi concluído *O cortiço*, o grande romance de Aluísio Azevedo e de caráter inteiramente naturalista — com todas as contradições que o naturalismo veio a ter no Brasil. Nesse romance situado no Rio de Janeiro e em que o principal personagem é uma habitação coletiva popular, a questão da raça adquire um tratamento muito mais cientificista do que em *O mulato*. O mestiço agora é visto como sensual, ocioso, elemento perigoso porque pode pôr em risco o esforço para constituir uma civilização. Assim, a mulata Rita Baiana é a ruína do pai de família Jerônimo, que larga a vida regrada e racional para viver com ela.

Em *O cortiço*, o indivíduo mestiço é visto como uma ameaça aos esforços civilizatórios. Acima: *O mestiço* (1934), de Cândido Portinari.

Aluísio Azevedo não deixa de reconhecer, em *O cortiço*, que a singularidade da cultura brasileira é formada também por contribuições africanas e mestiças. Por outro lado, estas representariam, conforme certas teorias, uma inferioridade. O fato de sermos uma sociedade de mestiços nos fazia atrasados em relação à Europa.

Por mais que o autor mostre, com grande força, a perversidade na exploração dos pobres, na sua maioria negros e mulatos, não deixa de pagar o preço das teorias em que foram beber tantos intelectuais da época, preocupados com a formação da nação brasileira. O problema das raças lhes desviava os olhos do problema social. A questão não era sermos um povo de negros e mestiços; a questão era antes termos sido, por tantos séculos, uma sociedade de trabalho escravo.

A dívida com a escravidão está longe de ser paga. Quem tenha lido *Cidade de Deus*, de Paulo Lins, ou visto a adaptação para o cinema, de Fernando Meirelles, pode comprovar essa afirmação. Cidade de Deus, nome de uma favela, é o cortiço do nosso tempo. Bem mais complexa, essa habitação coletiva, que remonta ao fim do século XIX, é o labirinto do crime organizado, do crime que virou sistema.

O fato de boa parte de seus moradores serem "pardos" ou negros mostra como, em muitos pontos, o presente continua o passado. Razão pela qual um livro como *O mulato* ainda tem muito a nos dizer.

Imagem de *Cidade de Deus* (2002), filme de Fernando Meirelles.

DESCOBRINDO OS CLÁSSICOS

ALUÍSIO AZEVEDO
O CORTIÇO
Dez dias de cortiço, de Ivan Jaf

CASTRO ALVES
POESIAS
O amigo de Castro Alves, de Moacyr Scliar

EÇA DE QUEIRÓS
O CRIME DO PADRE AMARO
Memórias de um jovem padre, de Álvaro Cardoso Gomes
A CIDADE E AS SERRAS
No alto da serra, de Álvaro Cardoso Gomes
O PRIMO BASÍLIO
A prima de um amigo meu, de Álvaro Cardoso Gomes

EUCLIDES DA CUNHA
OS SERTÕES
O sertão vai virar mar, de Moacyr Scliar

GIL VICENTE
AUTO DA BARCA DO INFERNO
Auto do busão do inferno, de Álvaro Cardoso Gomes

JOAQUIM MANUEL DE MACEDO
A MORENINHA
A Moreninha 2: a missão, de Ivan Jaf

JOSÉ DE ALENCAR
O GUARANI
Câmera na mão, *O Guarani* no coração, de Moacyr Scliar
SENHORA
Corações partidos, de Luiz Antonio Aguiar

IRACEMA
Iracema em cena, de Walcyr Carrasco

LUCÍOLA
Uma garota bonita, de Luiz Antonio Aguiar

LIMA BARRETO
TRISTE FIM DE POLICARPO QUARESMA
Ataque do comando P. Q., de Moacyr Scliar

LUÍS DE CAMÕES
OS LUSÍADAS
Por mares há muito navegados, de Álvaro Cardoso Gomes

MACHADO DE ASSIS
RESSURREIÇÃO/ A MÃO E A LUVA/ HELENA/ IAIÁ GARCIA
Amor? Tô fora!, de Luiz Antonio Aguiar
DOM CASMURRO
Dona Casmurra e seu Tigrão, de Ivan Jaf
O ALIENISTA
O mistério da Casa Verde, de Moacyr Scliar
CONTOS
O mundo é dos canários, de Luiz Antonio Aguiar
ESAÚ E JACÓ E MEMORIAL DE AIRES
O tempo que se perde, de Luiz Antonio Aguiar
MEMÓRIAS PÓSTUMAS DE BRÁS CUBAS
O voo do hipopótamo, de Luiz Antonio Aguiar

MANUEL ANTÔNIO DE ALMEIDA
MEMÓRIAS DE UM SARGENTO DE MILÍCIAS
Era no tempo do rei, de Luiz Antonio Aguiar

RAUL POMPEIA
O ATENEU
Onde fica o Ateneu?, de Ivan Jaf

SUPLEMENTO *de leitura*

LONGE DOS OLHOS • IVAN JAF

Nome: _____

Escola: _____

_____ º ano

Em *Longe dos olhos*, Oto e Sílvia revivem o drama social que encerrou tragicamente o romance de Raimundo e Ana Rosa, personagens de *O mulato*, de Aluísio Azevedo. Encarar de frente o preconceito, suas práticas cotidianas e sua injustiça, é a reflexão que reúne essas duas histórias.

editora ática

( ) Em ambas as obras, a trama ganha interesse armando um suspense sobre a questão da identidade dos personagens. Em *O mulato*, Raimundo desconhece as circunstâncias de seu nascimento, e a descoberta do segredo precipita a trama. Em *Longe dos olhos*, Oto esconde de Sílvia que é negro, deixando o leitor na expectativa do que vai acontecer quando tudo for revelado.

( ) Tanto Ana Rosa como Sílvia, cada uma a seu modo, são bastante românticas, idealistas, inexperientes quanto à questão do preconceito e da pressão social.

( ) Embora com desfechos distintos, nas duas histórias o sentimento que nasce da convivência de seus protagonistas os faz se defrontarem com o preconceito.

( ) Apenas em *O mulato* o preconceito é enfocado como uma questão social; em *Longe dos olhos*, trata-se mais de um retraimento de Oto, uma questão pessoal.

2. Em 1870, época de *O mulato*, ainda havia a escravidão no Brasil. A Constituição Brasileira, firmada em 1988, considera crime toda e qualquer discriminação racial. Entre esses dois momentos do Brasil, o que mudou, na sua opinião? E quanto às pessoas vítimas de preconceito, estão mais organi-

3. Dona Maria Bárbara, "a megera", "(...) quando falava nos pretos, dizia 'os sujos' e, quando se referia a um mulato, dizia 'o cabra'" (p. 39). Já Sílvia, em várias ocasiões, faz ver a Oto que não são meras palavras que podem incomodá-la, quando ele diz coisas como "veja" e "olhe". Note-se que hoje, por exemplo, evitamos usar a palavra "cego", considerada desrespeitosa por alguns, que preferem a expressão "deficiente visual". O que você pensa a respeito disso? Há palavras e expressões que podem ofender, e outras serem consideradas inocentes deslizes ou força do hábito? O que conta então?

a *Ática*. Elaboração: Veio Libri.

Este suplemento é parte integrante da obra **Longe dos olhos**. Não pode ser vendido separadamente. Reprodução proibida.

1. Oto, um jovem negro, forte, batalhador e humilde, "Não se encaixava nos estereótipos. Era um intelectual". O que você entendeu sobre estereótipos? Como isso pode afetar o julgamento das pessoas? Marque as afirmações que julgar adequadas.

( ) Se uma garota é cega, um rapaz é negro, outro é surfista, já temos a característica mais importante de cada um, o que vai determinar quem o indivíduo é, o que pensa da vida e como vai proceder no dia a dia.

( ) Estereótipos são vícios de julgamento que levam uma pessoa a achar que pode conhecer outra a partir de uma determinada característica e daí pressupor tudo o mais que aquele indivíduo é e faz.

( ) O maior prejuízo do estereótipo é nos fazer esquecer que cada pessoa é um indivíduo, no qual não contam uma ou outra característica, mas o conjunto delas, e o que cada pessoa faz daquilo que é.

( ) O não deficiente discrimina o deficiente; o branco discrimina o negro; o abastado discrimina o pobre; o intelectual discrimina o não intelectual: sem um raciocí-

2. Associe as duas colunas a seguir. Na primeira, há citações de momentos importantes do relacionamento de Oto com Silvia. Na segunda, comentários correspondentes a essas citações.

(1) "Ela o havia visto fazer todas aquelas coisas ridículas. [...] E a reação dela foi a pior possível. Ignorou-o. [...] Alguém ensinara àquela burguesinha elitista a não fazer nem contato visual com um negro." (p. 17)

(2) "sou louro, com o cabelo curto, tenho os olhos azuis-claros, um cavanhaque assim meio ralo, uso um brinco de argola de prata na orelha esquerda, e a pele... bronzeada... porque... sou surfista." (p. 41)

(3) "Claro, cara. Olha só, um surfista que gosta de ler, que estuda Letras, que quer ser escritor. [...] Esse negócio de que surfista é alienado, que não sabe falar direito, que não lê nada..." (p. 42)

(4) "Isso pra mim é cinema! [...] A palavra me faz ver." (p. 49)

(5) "Pode ser, *brother*, mas pra quem tá a fim de mostrar a verdade, tu tá mentindo bastante, não é não?" (p. 98)

1